mon BREVET facile

Pour s'entraîner par étapes

3e

Français

Thomas Bouhours
Gaëlle Touchet

Nathan

MODE D'EMPLOI

Six sujets complets corrigés de Français, pour s'entraîner dans les mêmes conditions qu'à l'examen.

ÉNONCÉS

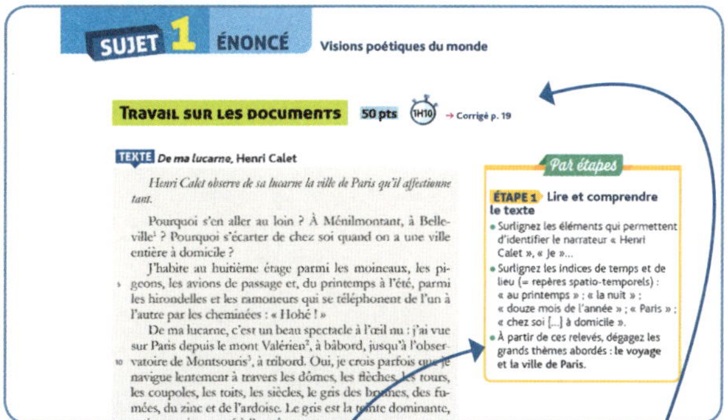

Une rubrique pour vous aider à **comprendre l'énoncé** et à **analyser les documents**.

- le nombre de points
- la durée de l'épreuve
- les renvois aux corrigés sont clairement indiqués pour chaque exercice.

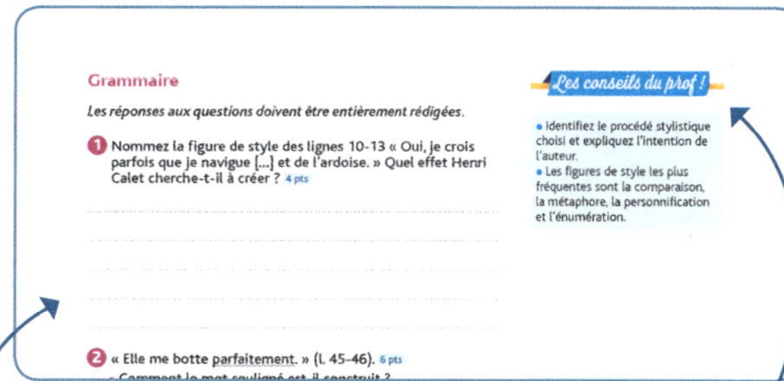

Écrivez vos réponses **directement sur le cahier**.

Les conseils du prof vous donnent des **indices**.

La dictée est à écouter sur **abcbrevet.com**

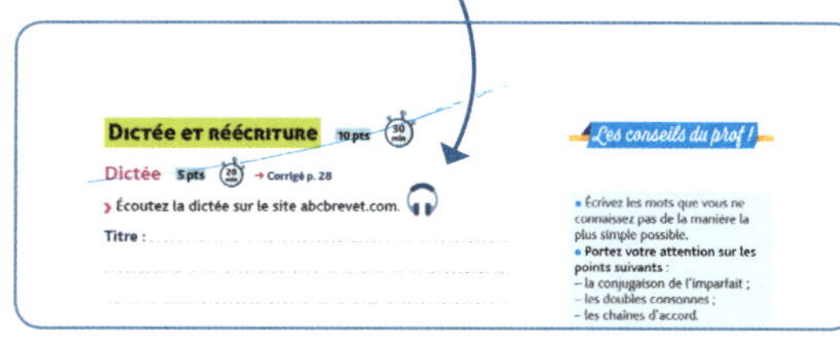

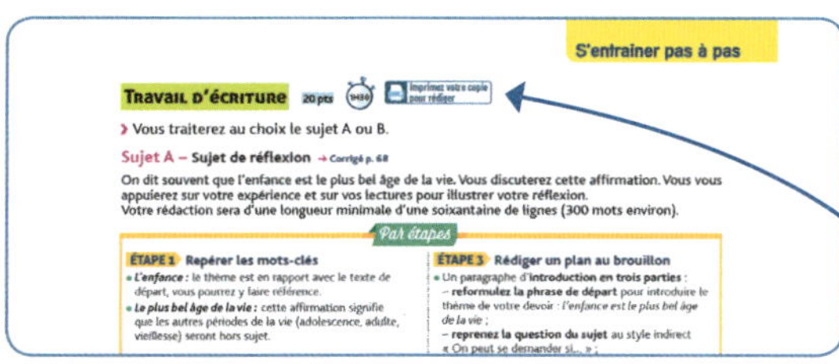

Des feuilles pour rédiger sont disponibles sur **abcbrevet.com**

CORRIGÉS

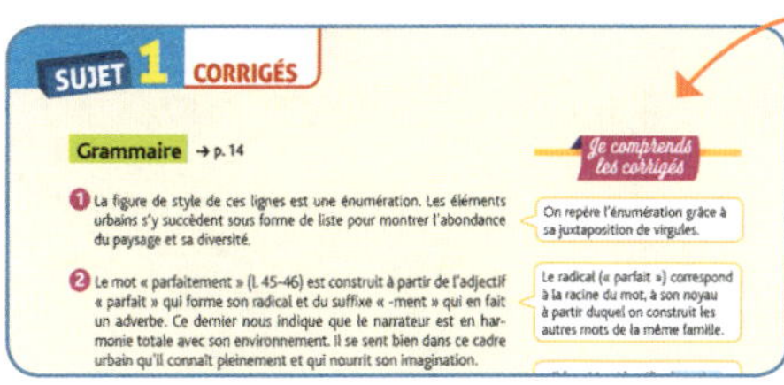

Une rubrique pour bien **comprendre les corrigés et marquer des points**.

À la fin de chaque sujet, un tableau pour s'**auto-évaluer** et **suivre sa progression**.

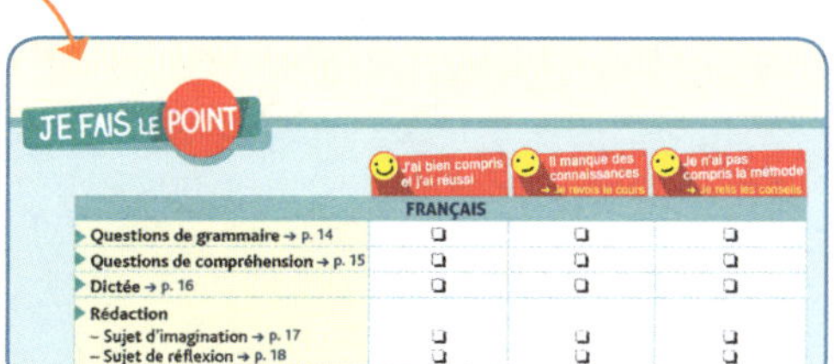

FICHES DE SYNTHÈSE

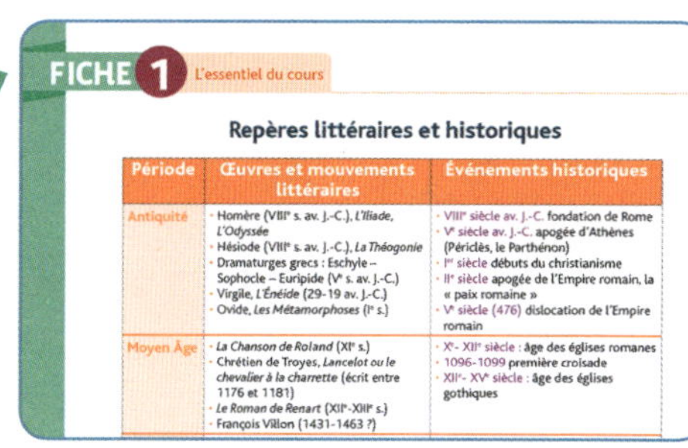

En fin d'ouvrage, des fiches de synthèse avec du **cours** et de la **méthode**.

ISBN : 978 209 157587 2

SOMMAIRE

1. Comment obtenir le Brevet

Le nouveau barème pour obtenir le DNB

- Le Brevet permet d'évaluer les compétences acquises par l'élève à l'issue du collège et du cycle 4.
- L'arrêté du **27 novembre 2017** a modifié les modalités d'attribution du Brevet.
- **Le DNB s'obtient par les notes** :
  – du **contrôle continu** qui représente **400 points** :
    - l'évaluation des huit composantes du socle commun de compétences, de connaissances et de culture entre désormais dans le calcul des points pour l'obtention du brevet.
    - la maîtrise de chacune des huit composantes du socle commun est évaluée lors du dernier conseil de classe de 3e.
  – de **l'examen final** qui représente **400 points** :
    - 4 épreuves écrites : **300 points**.
    - 1 épreuve orale : **100 points**.
- Pour être déclaré admis au diplôme national du Brevet, il faut cumuler un total de **400 points** sur un total de **800** (soit 10 sur 20).
- **Des mentions** sont attribuées selon le barème suivant :
  – mention **assez bien** pour un total de points au moins égal à **480 sur 800**.
  – mention **bien** pour un total de points au moins égal à **560 sur 800**.
  – mention **très bien** pour un total au moins égal à **640 sur 800**.

Les épreuves écrites

Mathématiques	Français	Physique-Chimie SVT Technologie	Histoire Géographie EMC
100 pts	100 pts	50 pts	50 pts
2 h	3 h	1 h	2 h

L'épreuve orale

- D'une durée de **15 minutes**, l'épreuve orale évalue votre capacité à exposer un projet et est notée sur 100 points.
- Vous devez présenter un projet, de votre choix, que vous avez étudié en **histoire des arts**, lors des **EPI** (Enseignements pratiques interdisciplinaires), ou d'un **parcours éducatif** (Avenir, Citoyen, Éducation culturelle et artistique).
- **L'oral se déroule en deux temps :**
  – présentation du projet (5 min) ;
  – questions du jury (10 min).
- Vous pouvez présenter le projet seul ou en groupe de 2 ou 3.

2. Bien s'organiser pour réviser

- **Révisez régulièrement vos cours**, n'attendez pas le dernier mois avant l'épreuve.
- **Les Brevets blancs**, préparés dans votre collège tout au long de l'année, vont vous aider à connaître les caractéristiques de l'épreuve finale.
- Fabriquez-vous des **fiches de révisions** comprenant le vocabulaire, les figures de style, les auteurs ainsi que les grandes questions possibles.
- **Entraînez-vous à répondre à des questions** ; vous pouvez vous interroger mutuellement avec des camarades de classe.
- **Entraînez-vous à lire des documents** et à vous demander quel est le sens général du document.

3. Quels sont les critères d'évaluation de votre copie de Brevet ?

- On attend de vous que vous soyez capables de :

– **rédiger entièrement** vos réponses en reprenant des éléments de la question ;
– **faire figurer les citations** du texte entre guillemets ;
– **respecter les consignes** et veiller à ne pas faire d'**erreurs d'orthographe** (jusqu'à 2 points peuvent être retirés).

- **Dans la réécriture**, les erreurs de copie et les modifications non demandées sont sanctionnées.
- **Dans la dictée**, on vous retirera :

– **1 point** par erreur grammaticale (homophones, accords, conjugaison) ;
– **0,5 point** par erreur lexicale ;
– **0,5 point** par accent (à hauteur de 2 points).

4. Réussir l'épreuve de Français

Savoir répondre aux questions

- **L'épreuve** prend appui sur un **texte littéraire d'une trentaine de lignes**, d'un auteur de langue française, **accompagné éventuellement d'une image** ou d'un document artistique.
- **La compréhension des documents est évaluée par une série de questions** sur le texte distribué et le document artistique qui peut l'accompagner. Pour le texte littéraire, certaines de ces questions sont d'ordre lexical et grammatical.
- Toutes vous engagent à réagir à votre lecture en justifiant votre point de vue.

Le texte

- Lisez-le **deux fois** pour bien en saisir le **sens**, le **thème**, la **tonalité**, le **genre** (roman, poésie, autobiographie…), repérer les **personnages**, **où** et **quand** se passe l'action, à quelle personne se fait la **narration** (1re ou 3e).
- Lisez le **paratexte** qui pourra être utile pour éviter des contresens : nom de l'auteur, titre du livre, année de publication, chapeau en italiques.

Gagnez des points !

- Lisez avec un crayon pour surligner, entourer, noter tout ce qui vous semble **important**.
- Le texte est comme un mur d'escalade et vos notes vous permettront de vous accrocher plus facilement lors de la rédaction des réponses.

Les questions

- Elles sont divisées en deux catégories :

Grammaire et compétences linguistiques

- Ces questions porteront sur des **points de langue précis** : analyse de formes verbales, valeurs d'emploi des temps et des modes, analyse de phrases complexes, formation d'un mot, niveaux de langue... L'exercice de **réécriture** sera intégré à cette partie (voir plus loin « réussir la réécriture »).

Compréhension et compétences d'interprétation

- Ces questions portent sur **l'interprétation du texte** à partir de l'observation d'**effets stylistiques** (figures de style, modalisation...), de champs lexicaux ou de faits de langue. Certaines questions invitent à **formuler**

des impressions de lecture et à **justifier son point de vue**, elles appelleront des réponses développées pour montrer votre compréhension globale du texte ou d'un passage précis.
- Une ou deux questions porteront sur l'image si le sujet en comporte une : ce sera l'occasion de montrer que vous savez lire une image et la mettre en relation avec le texte (points communs ou différences).
- Lisez toutes les questions une première fois avant de commencer à répondre : elles permettent de construire le sens du texte et s'enchaînent donc de façon logique.
- Repérez les questions qui valent le plus de points, elles demanderont des réponses plus développées.

Les réponses

- Traitez les questions **dans l'ordre** : elles suivent une progression logique.
- Répondez à **toutes les questions** : dans l'esprit du correcteur, mieux vaut une mauvaise réponse que pas de réponse du tout, cela prouve votre volonté d'essayer de comprendre.
- Rédigez des réponses complètes en **4 temps** : reprise des termes de la question pour commencer votre réponse, explication personnelle, justification avec une citation du texte entre guillemets, relecture.

Réussir la réécriture

- Elle est intégrée aux questions « **Grammaire et compétences linguistiques** », souvent évaluée sur 10 points. Portez-y une attention particulière.
- Il s'agit de la **réécriture**, en fonction de diverses contraintes grammaticales, **d'un passage** ou de plusieurs passages du texte proposé. Cette reformulation entraîne des transformations orthographiques que vous devez effectuer en réécrivant le texte initial.
- C'est un exercice **facile et « rentable »** à condition d'être méthodique !

Gagnez des points !
Soulignez les **transformations** effectuées sur votre copie : le correcteur appréciera.

Retenez bien !

- Souvent deux contraintes sont mêlées, il faut toujours faire une **relecture très attentive** car les fautes de copie sont sanctionnées.
- On peut vous demander de :
  - → **changer de nombre** (singulier/pluriel) et **de personne** (1re/2e/3e) → attention aux verbes, adjectifs, participes passés, pronoms.
  - → **changer de genre** (masculin/féminin) → attention aux adjectifs, aux participes passés, aux pronoms.
  - → **changer de temps** → attention aux verbes et aux participes passés si l'on passe d'un temps simple à un temps composé.
  - → **passer du discours direct au discours indirect** → attention à la ponctuation, aux temps verbaux, aux indices de temps et de lieu, aux déterminants possessifs.

Réussir la dictée

- **La dictée** correspond à un texte de **600 signes environ**.
- Les candidats présentant un handicap peuvent demander à composer sur le texte de dictée aménagée.

Astuce
Gardez un crayon à papier avec vous pour **souligner** les endroits où vous **hésitez** : vous gagnerez du temps à la relecture.

Les clés du succès !

- La dictée est un exercice de **concentration** qui dure **20 minutes** et se déroule en **4 temps** :

1. **Une première lecture** : vous devez vous concentrer sur le sens du texte et repérer les difficultés éventuelles.
2. **La dictée du texte avec la ponctuation** par groupes de mots cohérents : écoutez bien les liaisons.
3. **La relecture par l'examinateur sans la ponctuation** : vérifiez que vous n'avez oublié aucun mot.
4. **Votre relecture** : ciblez vos points faibles et portez-y toute votre attention (a/à ; -er/-é ; accords…)

Réussir la rédaction

Bien comprendre ce type de sujet

- **Vous devez choisir entre deux sujets de rédaction :**
  ➜ l'un demande une **réflexion** sur une question ou un thème en relation avec le sens du texte ;
  ➜ l'autre demande un travail d'**imagination** qui prend appui sur le texte initial.
- Vous devez produire un texte correct et cohérent, d'une longueur de deux pages au moins. Ce texte doit être structuré, construit en paragraphes, correctement ponctué.
- Pour cette épreuve, vous êtes autorisés à utiliser un dictionnaire papier.
- Dans l'évaluation du travail d'écriture, il est tenu compte de la **maîtrise de la langue** (orthographe, syntaxe, présentation).

Le sujet d'imagination

- **Ce devoir peut prendre différentes formes :** lettre, journal intime, récit et dialogue, récit et description, suite de texte, souvenir, article de journal, etc.
- **Notez à quelle personne le devoir doit être rédigé** (première ou troisième personne).
- **Notez également le plan** si le sujet le précise (parties, paragraphes). S'il n'est pas indiqué, c'est à vous d'en construire un.
- **Relevez la forme que doit prendre le devoir** (lettre, journal intime, récit et dialogue, récit et description, suite de texte…) et listez ses caractéristiques afin de ne pas oublier de les appliquer.
- **Dégagez ensuite le contenu** : quel est le thème ? De quels personnages s'agit-il ? Quelles sont les circonstances ? Des sentiments doivent-ils être exprimés ?
- **Vérifiez que toutes les contraintes ont été respectées**, une fois le brouillon terminé.
- **Vérifiez la construction des phrases et l'orthographe**, veillez à supprimer les répétitions.

Astuce
Organisez vos idées au brouillon et rédigez directement au propre.

Pour davantage de conseils de méthode, voir la fiche de synthèse n° 2.

Le sujet de réflexion

Élaborer un plan

- L'essentiel du travail de l'argumentation se fait avant la rédaction, lors du **travail préparatoire au brouillon**. C'est à ce moment que vous devez établir **un plan détaillé** de votre devoir qui comportera les parties, les sous-parties (les paragraphes argumentatifs) avec la mention de l'argument et de son exemple ainsi que les transitions. Il n'est pas nécessaire de tout rédiger au brouillon, hormis l'introduction et la conclusion.
- En revanche, sur votre copie, vous ne devez plus faire apparaître les titres et les sous-titres du brouillon : **tout doit être rédigé**, y compris les exemples. Le plan est le « squelette » de votre devoir : s'il est complet, il ne sera pas difficile de l'habiller avec vos mots.

Comment choisir son plan ?

Ce qui est demandé dans le sujet	Type de plan
• Analyser le pour et le contre, les avantages et les inconvénients.	• Deux parties, en terminant par celle qui exprime votre opinion.
• Analyser les causes et les conséquences.	• Deux parties chronologiques : causes/conséquences.
• Analyser un problème et proposer des solutions.	• Deux parties.
• Exprimer un goût, exposer un point de vue personnel.	• Une seule partie avec au moins trois paragraphes qui présentent votre opinion et la justifient.

Rédiger un paragraphe argumentatif

- Le paragraphe argumentatif est l'élément de base de votre devoir, il doit être rigoureux, cohérent et équilibré pour bien soutenir votre thèse. Sa composition comporte des étapes obligatoires qui vous aident à faire avancer votre réflexion.
- **La thèse est formulée au début du premier paragraphe**. Il ne faut pas la faire apparaître dans les suivants. Si votre devoir comporte deux parties (thèse et antithèse), énoncez également la thèse adverse dans le premier paragraphe de la deuxième partie. Soyez **clair et précis** dans sa formulation, vous développerez ensuite vos idées à l'aide des arguments.
- **Situez l'argument** par rapport à l'ensemble du devoir en utilisant des expressions comme *d'une part/tout d'abord... d'autre part/en second lieu... enfin...* Ensuite **énoncez clairement votre argument en l'expliquant**.
- **Annoncez votre exemple à l'aide d'un mot de liaison ou d'une expression** : *par exemple, ainsi, c'est le cas de, l'exemple de... montre...* Développez-le ensuite de manière précise, en n'omettant pas de citer vos sources.

Gagnez des points !
On repère « à l'œil » un devoir **bien construit** : chaque paragraphe se détache par un alinéa, les différentes parties sont marquées par des sauts de lignes, les citations sont entre guillemets, et les titres de livres ou de films sont soulignés.

Rédiger une introduction et une conclusion

- L'introduction et la conclusion sont le premier et le dernier contact que vous avez avec votre lecteur, il est donc nécessaire de les rédiger avec le plus grand soin, en travaillant au brouillon.
- **L'introduction :** elle doit être rédigée comme **un seul paragraphe**, qui peut être court (cinq lignes) mais doit toujours comporter **trois étapes** :
  - ➜ une **phrase d'appel** qui présente le thème du devoir ou en précise le contexte ;
  - ➜ la **présentation du sujet**, c'est-à-dire la question posée par le sujet, éventuellement accompagnée d'une citation du texte que vous pouvez reprendre ;
  - ➜ l'**annonce du plan** de votre devoir avec des expressions telles que *dans un premier temps... ensuite... enfin.*
- **La conclusion :** elle constitue également un court paragraphe qui comporte deux éléments :
  - ➜ un **bilan** de votre réflexion, montrant par une ou deux phrases que vous avez répondu à la question posée dans votre introduction ;
  - ➜ une **ouverture**, c'est-à-dire une proposition de réflexion qui montre que le sujet pourrait déborder sur une autre question en rapport avec le même thème.

N'oubliez pas !
Pour présenter souvent la cause, l'explication, la conséquence d'un fait, utilisez un **vocabulaire approprié** et des **connecteurs logiques**.

Ménager des transitions

- Un devoir argumentatif est généralement construit en **deux ou trois parties.** Chaque partie comporte entre deux et quatre paragraphes. Il est important de **classer ces paragraphes dans un ordre logique en terminant toujours par les arguments les plus pertinents**, ceux auxquels vous croyez le plus.
- **Une transition permet de passer d'un paragraphe à un autre, ou d'une partie à une autre** pour souligner le lien, ou la rupture, qui existe entre eux. Les phrases de transition sont courtes, elles font le **bilan** de la partie terminée et **annoncent** l'idée de la suivante. Vous utiliserez des expressions telles que : *nous venons de montrer que... à ce stade de notre réflexion...*

SUJET 1

100 pts

3H

THÈME Visions poétiques du monde

Travail sur les documents

50 pts 1H10 → Corrigé p. 19

TEXTE *De ma lucarne*, Henri Calet

Henri Calet observe de sa lucarne la ville de Paris qu'il affectionne tant.

Pourquoi s'en aller au loin ? À Ménilmontant, à Belleville[1] ? Pourquoi s'écarter de chez soi quand on a une ville entière à domicile ?

J'habite au huitième étage parmi les moineaux, les pigeons, les avions de passage et, du printemps à l'été, parmi les hirondelles et les ramoneurs qui se téléphonent de l'un à l'autre par les cheminées : « Hohé ! »

De ma lucarne, c'est un beau spectacle à l'œil nu : j'ai vue sur Paris depuis le mont Valérien[2], à bâbord, jusqu'à l'observatoire de Montsouris[3], à tribord. Oui, je crois parfois que je navigue lentement à travers les dômes, les flèches, les tours, les coupoles, les toits, les siècles, le gris des brumes, des fumées, du zinc et de l'ardoise. Le gris est la teinte dominante, mais un gris nuancé à l'extrême.

D'autres fois, je crois que c'est mon champ. Voilà longtemps que je laboure, que je sème : rien ne vient.

Par-dessus tout, la tour Eiffel, cette grande perche amicale, maigre, rousse, vêtue de dentelle de Paris. Ou une énorme aiguille à tricoter les nuées[4] ? Ou un simple presse-papiers souvenir ? À son sommet, un drapeau tricolore qui atteste la présence de la France dans le ciel, à tout hasard. La nuit, elle a deux gros yeux rouges d'insomnie à force de veiller pour nous. Elle doit avoir un peu plus de mon âge : la cinquantaine. J'ai su, naguère, son poids exact et aussi le nombre de boulons qu'elle a dans la carcasse : j'ai tout oublié. […]

Les styles, les plans, les matériaux, les époques, beaux et vilains quartiers se confondent dans la masse des maisons où nous demeurons de toute éternité, ou presque : ouvriers, employés, financiers, voleurs, prostituées, malades, agonisants, nouveau-nés. De tout un peu.

Des prisons, des casernes, des hôpitaux, des fabriques, des bureaux, des hôtels, des cafés, des palais, des banques, des tripots, des écoles, des dancings, des églises, des musées,

1. *Ménilmontant, Belleville :* quartiers parisiens.
2. *Mont Valérien :* colline située à l'ouest de Paris.
3. *Observatoire de Montsouris :* lieu d'analyses météorologiques.
4. *Nuées :* nuages.

Par étapes

ÉTAPE 1 Lire et comprendre le texte

- Surlignez les éléments qui permettent d'identifier le narrateur « Henri Calet », « Je »…
- Surlignez les indices de temps et de lieu (= repères spatio-temporels) : « au printemps » ; « la nuit » ; « douze mois de l'année » ; « Paris » ; « chez soi […] à domicile ».
- À partir de ces relevés, dégagez les grands thèmes abordés : **le voyage** et **la ville de Paris.**

tout ce qu'il faut pour apprendre à vivre, à souffrir, à s'amuser en société.

Je connais cette ville par cœur ; je pourrais la démonter pierre à pierre et la reconstruire ailleurs. Je l'ai vue sous divers aspects : Paris changeant, Paris des quatre saisons, Paris des douze mois de l'année, Paris de tous les jours. Je l'ai vue blanche de neige, bleue de gel, transparente ; je l'ai vue pauvre, abandonnée, inhabitée, obscurcie ; je l'ai vue riche et pavoisée. Je l'ai vue sous toutes les coutures. C'est devenu, peu à peu, une vieille liaison, une intimité sans plus aucun secret. Je l'aime. Elle est à ma taille, elle me botte parfaitement. Entre nous, maintenant, c'est à la vie, à la mort (la vie pour elle, la mort pour moi).

Henri Calet, *De ma lucarne*, © Éditions Gallimard, 2000.

IMAGE Marc Chagall, *Paris par la fenêtre*, 1913.

Par étapes

ÉTAPE 2 Comprendre l'image

- Notez les informations données par la légende (date, auteur, titre).
- Observez précisément l'image pour repérer les plans, les personnages, la nature du document (photographie, huile sur toile, sculpture, affiche...).

ÉTAPE 3 Mettre en relation les documents

- Repérez les points communs ou les différences existant entre le texte et l'image : thème commun ? façon de le traiter ? sentiments qu'ils procurent ?
- Notez sous forme de mots-clés vos **premiers sentiments** (tristesse, inquiétude, plaisir, envie...) et **impressions de lecture** de cette image (atmosphère pesante, onirique, chaleureuse, image idéalisée, caricaturale, réaliste...). Comparez-les avec ceux qui se dégagent du texte.

Grammaire

Les réponses aux questions doivent être entièrement rédigées.

1 **Nommez la figure de style des lignes 10-13 « Oui, je crois parfois que je navigue [...] et de l'ardoise. » Quel effet Henri Calet cherche-t-il à créer ?** 4 pts

2 **« Elle me botte parfaitement. » (l. 45-46).** 6 pts

- **Comment le mot souligné est-il construit ?**
- **Que nous dit-il des relations que le narrateur entretient avec la ville ?**

3

> Je connais cette ville par cœur ; je pourrais la démonter pierre à pierre et la reconstruire ailleurs. Je l'ai vue sous divers aspects. [...] Je l'aime. Elle est à ma taille, elle me botte parfaitement.

› **Réécrivez ce passage en remplaçant la première personne du singulier par la troisième personne du pluriel (« ils ») et en opérant toutes les modifications nécessaires.** 10 pts

Les conseils du prof !

- Identifiez le procédé stylistique choisi et expliquez l'intention de l'auteur.
- Les figures de style les plus fréquentes sont la comparaison, la métaphore, la personnification et l'énumération.

Décomposez ce mot en retrouvant son radical et son suffixe.

Par étapes

ÉTAPE 1 Comprendre la consigne

- Tous les pronoms « je » vont être remplacés par « ils ».
- Les terminaisons verbales vont donc changer.

ÉTAPE 2 Souligner les transformations

- Cela vous oblige à vous relire précisément.

Compréhension

Les réponses aux questions doivent être entièrement rédigées.

1 Quels éléments de cet extrait vous montrent que le narrateur se trouve entouré d'un paysage urbain ? Citez le texte. 4 pts

2 Appuyez-vous sur le texte pour expliquer l'expression « une ville entière à domicile » (l. 2-3) 4 pts

3 Dans les paragraphes 3 et 4, quels sont les autres univers évoqués par le narrateur lorsqu'il regarde par sa fenêtre ? 6 pts

Les conseils du prof !

Vous devez relever un champ lexical : des mots et des expressions autour du thème de la ville.

L'expression contient une idée d'opposition.

- Un paragraphe correspond à un « bloc » de texte débutant par un alinéa et introduisant une nouvelle idée ou un nouvel événement. Pour les repérer, numérotez-les.
- Listez les autres univers dont parle le narrateur en repérant les indications de lieux.

4 Quelles images successives sont utilisées pour décrire la tour Eiffel ? Quelle impression générale s'en dégage ? 6 pts

.....

.....

.....

.....

.....

5 En quoi peut-on dire que ce texte a une dimension poétique ? 6 pts

.....

.....

.....

.....

6 Quels sont les éléments qui rapprochent le texte d'Henri Calet et la peinture de Marc Chagall ? 4 pts

.....

.....

.....

.....

Dictée

10 pts · 20 min → Corrigé p. 20

› Écoutez la dictée sur le site abcbrevet.com.

Titre : .....

.....

.....

.....

.....

.....

.....

.....

.....

Les conseils du prof !

- Ce type de question appelle une réponse développée.
- Repérez les passages du texte où ce monument est mentionné.
- Construisez votre réponse en recopiant ces citations afin d'en dresser le portrait.

- Le genre poétique peut se reconnaître grâce à des jeux sur les mots, sur les sons, sur les rythmes, des figures de style ou une écriture en vers...
- Évaluez en quoi ce texte répond à certains de ces critères.

Énumérez les points communs entre le texte et l'image : thème, décor, personnages, actions, couleurs, sentiments suscités chez le lecteur, regard que l'artiste porte sur le sujet.

Utilisez votre travail préparatoire (étape 3, page 13)

Les conseils du prof !

- Écrivez les mots que vous ne connaissez pas de la manière la plus simple possible.
- **Portez votre attention sur les points suivants :**
  – la conjugaison de l'imparfait ;
  – les doubles consonnes ;
  – les chaînes d'accord.

Rédaction

40 pts 1H30 Imprimez votre copie pour rédiger

› Vous traiterez au choix l'un des sujets suivants :

Sujet d'imagination → Corrigé p. 21

Vous retrouvez un lieu ou un objet qui vous fait voyager. Racontez dans quelles circonstances vous le redécouvrez et décrivez-le précisément. Expliquez ensuite pourquoi il déclenche votre imagination. Votre texte comportera des passages descriptifs et narratifs.

Par étapes

ÉTAPE 1 Repérer les mots-clés

- ***Un lieu ou un objet :*** vous devez le choisir comme un élément déclencheur du récit.
- ***Voyager :*** ce verbe fait référence au thème du texte de départ.
- ***Imagination :*** ce mot convoque l'idée d'un voyage par la pensée, d'un voyage imaginaire ou dans le passé.

ÉTAPE 2 Comprendre le sujet

- ***Racontez :*** le sujet invite à produire un texte narratif, vous devez donc raconter une histoire.
- ***Circonstances :*** ce mot implique que vous évoquiez le contexte de la (re)découverte du lieu ou de l'objet choisi (personnes présentes, lieu, époque, activités...).
- ***Des passages descriptifs et narratifs :*** votre écrit devra combiner ces deux types de discours afin de raconter votre histoire (votre voyage) mais aussi de la faire visualiser à votre lecteur par des descriptions.

ÉTAPE 3 Rédiger un plan au brouillon

- **L'introduction** peut évoquer les circonstances dans lesquelles vous redécouvrez cet objet ou ce lieu (personnes présentes, lieu, époque, activités...).
- **Notez des réflexions** sur ce que vous avez ressenti et sur ce qui a déclenché votre imagination (Comment ce lieu ou cet objet vous fait-il voyager ? vers quoi ? pourquoi ?)
- **Pour conclure**, faites le point sur ce que vous procure « aujourd'hui encore » ce lieu ou cet objet. Vous développerez vos sentiments ou sensations.

› Mon brouillon

Les conseils du prof !

Dans votre introduction, n'hésitez pas à utiliser le lexique du souvenir et du doute : « je me souviens, je crois, il me semble... »

Communiquez vos sensations et vos sentiments en utilisant des tournures appropriées telles que : « je regardais ; l'odeur me saisit ; j'entends encore... ».

Pour parler de ce lieu ou de cet objet, utilisez un vocabulaire **mélioratif** (« fascinant, beau, intriguant... ») ou **péjoratif** (« horrible, sombre, désagréable... »).

Pensez à décrire le lieu ou l'objet choisi de façon organisée : de haut en bas ; en suivant un plan imposé par le regard du narrateur...

Sujet de réflexion → Corrigé p. 21

Selon vous, est-il nécessaire de voyager pour mieux observer le monde qui nous entoure ? Vous répondrez à cette question dans un développement organisé.

Par étapes

ÉTAPE 1 **Repérer les mots-clés**

- ***Voyager :*** le thème est en rapport avec le texte de départ.
- ***Observer :*** ce verbe signifie : « regarder, être attentif à, comprendre... »
- ***Le monde :*** ce mot peut aussi bien désigner un paysage qu'une culture.

ÉTAPE 2 **Comprendre le sujet**

- ***Selon vous :*** cette expression signifie que l'on sollicite votre point de vue personnel.
- ***Nécessaire :*** marque l'idée d'obligation.
- ***Dans un développement organisé :*** cette expression signifie que l'on attend de vous un écrit construit en paragraphes qui associent chaque argument à un exemple précis.
- Vous chercherez des exemples variés issus de votre expérience personnelle (souvenirs...), des livres et textes que vous avez lus (ou étudiés en classe), de l'actualité ou de l'art.

ÉTAPE 3 **Rédiger un plan au brouillon**

- Rédigez un paragraphe d'introduction en trois parties.
- Reformulez le sujet pour introduire le thème de votre devoir : le voyage est-il une étape indispensable pour une meilleure observation du monde ?
- Reprenez la question du sujet au style indirect « C'est ce que nous interrogerons... ».
- Annoncez votre plan à l'aide de connecteurs : « En montrant tout d'abord que... », « Puis, nous rappellerons en quoi... »
- L'expression « est-il nécessaire » appelle un **plan en deux parties** : oui/non.
- Aidez-vous du brouillon ci-dessous pour faire un tableau avec vos **arguments**.
- Rédigez un paragraphe de conclusion en deux parties : un **bilan** et une **ouverture**.

› Mon brouillon

Introduction : ....

....

....

Oui	Non
• **Argument** : Voyage = Remise en question personnelle. > **Exemple** : L'accès à Internet à Cuba. • **Argument :** .... > **Exemple :**	• **Argument** : Les sensations font voyager sans bouger > **Exemple** : Enfant dans une épicerie (J. Giono, *Rondeur des jours*). • **Argument :** .... > **Exemple :** ....

Conclusion : ....

....

Les conseils du prof !

Faites deux colonnes correspondant aux deux parties : oui/non.

Dans chaque colonne, trouvez au moins deux arguments et deux exemples.

Grammaire

→ p. 14

Je comprends les corrigés

1 La figure de style de ces lignes est une énumération. Les éléments urbains s'y succèdent sous forme de liste pour montrer l'abondance du paysage et sa diversité.

> On repère l'énumération grâce à sa juxtaposition de virgules.

2 Le mot « parfaitement » (l. 45-46) est construit à partir de l'adjectif « parfait » qui forme son radical et du suffixe « -ment » qui en fait un adverbe. Ce dernier nous indique que le narrateur est en harmonie totale avec son environnement. Il se sent bien dans ce cadre urbain qu'il connaît pleinement et qui nourrit son imagination.

> Le radical (« parfait ») correspond à la racine du mot, à son noyau à partir duquel on construit les autres mots de la même famille.

3 « Ils connaissent cette ville par cœur ; ils pourraient la démonter pierre à pierre et la reconstruire ailleurs. Ils l'ont vue sous divers aspects. […] Ils l'aiment. Elle est à leur taille, elle les botte parfaitement. »

> - Il faut bien identifier les sujets qui commandent les verbes.
> - Attention au passage « elle les botte » ! « Les » est le COD et non le sujet du verbe, qui s'accorde avec « elle ».

Compréhension

→ p. 15

1 Plusieurs éléments du texte montrent que le narrateur se trouve dans un cadre urbain : « ville » (l. 2 et 37), « les dômes, les flèches […] l'ardoise » (l. 11-13), « Des prisons, des casernes […] des musées » (l. 32-34). Le narrateur fait référence à des lieux et des monuments et plus particulièrement à ceux de la ville de Paris : « À Ménilmontant, à Belleville » (l. 1), « Paris depuis le mont Valérien… l'observatoire de Montsouris » (l. 9-10), « la tour Eiffel » (l. 17).

> **Attention**, un champ lexical doit contenir au minimum trois mots. Cette question est bien formulée au pluriel !

2 L'expression « une ville entière à domicile » (l. 2-3) indique que le narrateur a accès à une vue d'ensemble de la ville de Paris lorsqu'il regarde par sa fenêtre. Il surplombe la ville et en voit tous les contrastes : « un gris nuancé à l'extrême » (l. 14), « je l'ai vue sous toutes les coutures » (l. 43), et l'abondance : « De tout un peu. » (l. 31) et « des prisons, des casernes, […] société » (l. 32) tout en restant chez lui : « Pourquoi s'en aller au loin ? » (l. 1).

> Un décalage existe entre la mobilité qui environne le poète et son immobilité ; un autre est perceptible entre sa vue d'ensemble et son occupation d'un espace restreint.

3 Le narrateur côtoie deux univers : l'univers maritime que nous repérons grâce aux mots : « à bâbord… à tribord » (l. 9-10), « je navigue lentement » (l. 11). Puis il voit en ce paysage un monde rural : « mon champ » (l. 15), « que je laboure, que je sème » (l. 16). L'anaphore du verbe « croire », aux lignes 10 et 15, fait entendre aux lecteurs qu'il se laisse porter par sa rêverie et accède ainsi à des mondes imaginaires.

> Le paragraphe 3 est consacré à l'univers maritime, le 4 à celui du monde rural.

Je comprends les corrigés

4 Le narrateur décrit la tour Eiffel à travers diverses métaphores. Elle est « cette grande perche amicale, maigre, rousse, vêtue de dentelle de Paris », puis « une énorme aiguille à tricoter les nuées », « un simple presse-papiers souvenir » (l. 17-20). Il en véhicule une image agréable, douce et protectrice où sa finesse est mise en avant. La personnification de la ligne 22 : « elle a deux gros yeux rouges [...] » développe cette même idée et montre combien ce cadre urbain lui est familier.

> - Les métaphores créent des images positives ou négatives du lieu décrit.
> - Le portrait peut en être péjoratif (négatif) ou **mélioratif** (positif).

5 Les métaphores (l. 17), énumérations (l. 30), personnifications (l. 22) et anaphores (l. 39) relevées tout au long du texte révèlent sa dimension poétique. De nombreux paragraphes forment un poème en prose où des phrases rythmées et irrégulières se succèdent (« les styles [...] nouveau-nés. De tout un peu », l. 30-31). Des jeux sur les sonorités « abandonnée, inhabitée, pavoisée » (l. 42-43) y participent également. De plus, le narrateur contemple un paysage urbain qui invite au voyage et sollicite son sens de la vue (« j'ai vue sur », l. 8).

> Ce type de question revient dans la plupart des sujets où le texte est poétique : il faut réussir à en saisir les particularités, même quand il n'y a pas de vers (figures de style, jeux sur les sonorités, les rythmes, expression des sentiments...).

6 Ces deux œuvres mettent en scène un homme qui contemple la ville de Paris par sa fenêtre : « De ma lucarne » (l. 8). Comme dans le texte, certains éléments du tableau renvoient au monde réel : la fenêtre, la tour Eiffel, les immeubles... Mais la rêverie prend une place tout aussi importante dans la construction de l'image : le train avance à l'envers, dans l'air ; le chat est un animal hybride... Les couleurs chaudes de la peinture font écho aux mots d'Henri Calet car elles créent un univers onirique.

Les deux œuvres donnent une image chaleureuse et douce de Paris, propice au rêve.

> - Il est important de créer un va-et-vient entre les deux œuvres dans votre réponse.
> - Vous devez montrer que vous avez compris pourquoi elles ont été mises en relation.

Dictée → p. 16

Je relevais le couvercle de la boîte au poivre. L'odeur. Ah ! cette plage aux palmiers avec le Chinois et ses moustaches. J'éternuais. [...] Je tirais le tiroir à café. L'odeur. Sous le plancher l'eau molle ondulait : on la sentait profonde, émue de vents magnifiques. On n'entend plus les cris du port. Dehors, le vent tirait sur les pavés un long câble de feuilles sèches. J'allais à la cachette de la cassonade. Je choisissais une petite bille de sucre roux. Pendant que ça fondait sur ma langue, je m'accroupissais dans la logette entre le sac de pois chiches et la corbeille des oignons ; l'ombre m'engloutissait : j'étais parti.

Jean Giono, « Le voyageur immobile », dans *Rondeur des jours, L'Eau vive*, © Gallimard, 1943.

> - La conjugaison de l'imparfait : repérez la valeur du temps (c'est une valeur d'habitude).
> - Les doubles consonnes :
>   – **« Cassonade » :** le doublement du « s » est nécessaire pour obtenir le son [s] et non le son [z].
>   – **« m'accroupissais » :** la même lettre finit le préfixe « ac » et commence le radical « croupir », cette consonne est donc automatiquement doublée.
> - Les chaînes d'accord : identifiez bien les mots qui fonctionnent ensemble.

Sujet d'imagination → p. 17

L'autre jour, en rangeant ma chambre, j'ai retrouvé mon kaléidoscope. Je l'ai sorti de son étui et mon esprit s'est mis à vagabonder…

Quel âge avais-je ? Six ans… Il me semble que j'entrais en classe de CP… Nous nous promenions avec mes parents dans la vieille ville de La Gacilly. C'était pendant les vacances d'été. Nous avions sillonné la ville pour observer, en plein air, une exposition de photographies sur le Japon. Les baleines et les couleurs me fascinaient.

L'heure du goûter résonna dans mon ventre et je me souviens que je regardais ma mère avec de grands yeux à l'approche d'une crêperie. Nous nous installâmes en terrasse et ma mère décida de traverser la route vers un magasin de jouets en bois en attendant que notre commande arrive. J'étais naturellement de l'expédition ! Une fois les trois marches de l'entrée du magasin franchies, je levai les yeux vers les suspensions colorées, les moulins à vents et autres trésors… Je crois que mes yeux et ma bouche étaient grands ouverts. Maman m'autorisa à regarder de plus près ce qui m'intriguait… Qu'était-ce donc que ce long tube coloré ? À quoi cela servait-il ? Quel mystère cachait-il ?

Machinalement, je mis mon œil sur la lentille qui se situait à l'extrémité de ce tube et ma surprise fut totale ! Mon excitation se ravive encore à l'évocation de ce souvenir. Quel spectacle ! Les étoiles vertes, les lunes dorées et les cristaux multicolores s'entremêlaient et dansaient devant mes yeux. Un monde merveilleux s'ouvrait à moi : j'étais une exploratrice au cœur d'un lieu féerique où les éléments valsaient, s'entrechoquaient pour donner naissance à de nouveaux mouvements lents et dilués. J'agitais le bâton et un nouveau feu d'artifice éclatait. Mon œil essayait de suivre la trajectoire d'une de ces paillettes mais en vain ; il était appelé par de nouvelles rencontres. J'étais à l'initiative de toutes ces combinaisons mais je n'en comprenais aucunement l'origine…

Face à cet enthousiasme et à l'éveil de ma curiosité, ma mère décida de m'en faire cadeau. Je ramenai donc le kaléidoscope, triomphante et fière de partager ma découverte avec les autres membres de la famille.

Aujourd'hui encore, cet objet me transporte vers un univers fascinant qui garde sa part de mystère. Moi qui comptais trier mes affaires d'enfants, je crois que je n'y suis pas prête pour le moment…

> Il s'agit de rédiger un texte à la première personne du singulier (« Je »).

> • Votre récit doit être enchâssé. Il comporte donc un premier récit introducteur, déclencheur du voyage faisant référence au moment de la narration.
> • Les temps utilisés sont l'imparfait, et le présent.

> • Le second récit correspond au voyage en lui-même.
> • Les temps dominants sont l'imparfait et le passé simple.

> Des sentiments personnels doivent être développés tout au long du texte.

> Pensez à structurer l'ensemble en paragraphes pour distinguer les étapes du récit.

> Le retour au présent (et donc au premier récit) est marqué par l'utilisation d'« Aujourd'hui » et du présent.

Sujet de réflexion → p. 18

Henri Calet, dans son texte poétique *De ma Lucarne*, observe Paris de sa fenêtre et se laisse aller au voyage onirique. Ainsi ouvre-t-il son poème en écrivant : « Pourquoi s'en aller au loin ? ». Est-il, en effet, nécessaire de voyager pour mieux observer le monde qui nous entoure ? C'est ce que nous interrogerons en montrant d'abord qu'un « voyage immobile » est tout à fait possible et enrichissant. Puis, nous rappellerons en quoi l'expérience du voyage constitue une ouverture inimitable sur le monde.

> L'introduction est composée de trois parties :
> – la phrase d'appel introduit le thème. Vous pouvez faire un lien avec le texte étudié en guise d'amorce ;
> – une question qui reprend le sujet ;
> – l'annonce du plan.

Je comprends les corrigés

De fait, le voyage n'est pas indispensable pour développer une observation minutieuse du monde qui nous entoure. Ainsi, Janot le jeune narrateur de *Rondeur des jours* de Jean Giono, connaît par cœur l'épicerie de son village. Il y vient souvent et les diverses odeurs d'épices l'invitent à un voyage exotique alors que l'endroit lui est familier.

De plus, l'observation du monde peut nous être transmise par l'art. Grâce aux livres, aux musiques ou aux tableaux on peut, comme le chante Renaud, « voyager d'sa chambre /Autour de l'humanité ». C'est le cas des tableaux de Paul Gauguin. Cet ancien marin devenu peintre continue de faire voyager vers Tahiti tous ceux qui s'attardent devant ses toiles mêlant rêve et réalité, les deux ingrédients souvent recherchés par les voyageurs.

> • L'exemple choisi dans ce paragraphe est en lien avec l'art mais celui du paragraphe suivant fait écho à la vie contemporaine pour donner de la force à notre argumentation.
> • Des exemples variés évitent des redondances dans la construction du devoir.

Cependant, le véritable voyage physique permet de prendre du recul et de se remettre en question. Si l'on voyage à Cuba par exemple, on sera surpris de ne pas pouvoir se connecter à Internet aussi simplement qu'en France. En effet, les fournisseurs d'accès, comme de nombreux médias, appartiennent à l'État qui concède seulement à un petit nombre de personnes le droit à un accès privé. Une réalité qui permettrait de relativiser lorsque l'on s'énerve contre une mauvaise connexion.

> « Cependant » est un adverbe qui amorce une nuance dans le raisonnement : on passe ici à la deuxième partie du plan.

Enfin, le voyage ouvre la perspective de nouvelles rencontres et donne accès à une autre culture. C'est la motivation principale de nombreux voyageurs comme les deux baroudeurs de l'émission *Nus et culottés* qui ne progressent dans leurs tribulations que grâce aux rencontres qu'ils font avec des inconnus. C'est là la plus grande richesse du voyage : ce sont les rencontres avec de nouvelles personnes qui nous enrichissent et nous transforment.

> Le connecteur « Enfin » permet d'annoncer votre dernière idée.

Pour conclure, on peut comprendre que le voyage soit l'occasion d'une ouverture sur le monde extérieur et qu'il change notre façon d'appréhender le quotidien. Néanmoins, il n'est pas toujours indispensable, car les voyageurs, qu'ils soient mobiles ou immobiles, sont surtout habités par la curiosité, qui n'est dans ce cas, certainement pas un défaut.

> La conclusion permet de synthétiser l'ensemble du devoir tout en proposant une ouverture sur un autre point de vue.

JE FAIS LE POINT

	J'ai bien compris et j'ai réussi	Il manque des connaissances → Je revois le cours	Je n'ai pas compris la méthode → Je relis les conseils
Questions de grammaire → p. 14	❑	❑	❑
Questions de compréhension → p. 15	❑	❑	❑
Dictée → p. 16	❑	❑	❑
Rédaction			
– Sujet d'imagination → p. 17	❑	❑	❑
– Sujet de réflexion → p. 18	❑	❑	❑

SUJET 2

100 pts

3H

THÈME Dénoncer les travers de la société

SUJET 2 ÉNONCÉ

Dénoncer les travers de la société

Travail sur les documents

50 pts (1H10) → Corrigé p. 30

TEXTE ***La Lacune*, Eugène Ionesco**

La scène se passe tôt le matin dans l'appartement d'un membre de l'Académie française[1]. L'Académicien a été contraint de passer son baccalauréat parce que l'administration avait constaté qu'il n'avait pas obtenu ce diplôme... Un ami est venu leur apporter, à lui et à son épouse, une nouvelle essentielle : il a été recalé[2] à cet examen !

Entre l'Académicien en uniforme, épée au côté, la poitrine couverte de décorations jusqu'à la ceinture. [...]

L'ACADÉMICIEN : Recalé au bac ! Les canailles ! Ils ont osé me faire ça !

L'AMI : Ils ont affiché les résultats très tard dans la soirée.

L'ACADÉMICIEN : S'il faisait sombre, on ne les a peut-être pas vus ? Comment avez-vous pu les lire ?

L'AMI : Il y avait des projecteurs.

L'ACADÉMICIEN : Ils font tout pour me compromettre.

L'AMI : Je suis repassé ce matin : les listes étaient toujours là.

L'ACADÉMICIEN : Vous auriez dû soudoyer le concierge pour qu'on les arrache.

L'AMI : C'est ce que j'ai fait. Hélas ! La police était là. Votre nom est en tête des candidats qui ont échoué. Il y a la queue. On se bouscule pour voir.

L'ACADÉMICIEN : Qui ? Les parents d'élèves ?

L'AMI : Pas seulement eux.

LA FEMME : Il doit y avoir tous vos rivaux, vos collègues. Tous ceux que vous avez attaqués dans la presse pour leur ignorance ; vos anciens élèves, vos étudiants, tous les agrégatifs[3], qui ont été refusés à cause de vous quand vous avez présidé le jury.

L'ACADÉMICIEN : C'est le déshonneur. Mais je ne me laisserai pas faire. C'est peut-être une erreur.

L'AMI : J'ai vu les examinateurs. Je leur ai parlé. Ils m'ont donné vos notes. Zéro en maths.

L'ACADÉMICIEN : Je ne suis pas un scientifique.

L'AMI : Zéro en grec, zéro en latin.

---

1. Institution prestigieuse chargée de la défense de la langue française.
2. *Recalé :* refusé à un examen.
3. *Agrégatif :* candidat à l'agrégation, un concours réputé très difficile qui permet de devenir professeur.

Par étapes

ÉTAPE 1 Lire et comprendre le texte

- Surlignez dans le texte et le paratexte : les éléments qui permettent d'identifier le genre de ce texte : est-ce un extrait de roman ? de poème ? de texte documentaire ? de théâtre ?
- Repérez les indices de temps et de lieu (= repères spatio-temporels) qui permettent de contextualiser la situation : « tôt le matin » ; « dans l'appartement ».

LA FEMME, À SON MARI : Vous, un humaniste, porte-parole attitré de l'humanisme, auteur de Défense et Illustration de l'humanisme !

L'ACADÉMICIEN : Pardon ! C'est de l'humanisme moderne qu'il est question dans ce livre. *(À l'ami)* Mais le français, ma note en composition française ?

L'AMI : On vous a mis neuf cents. Neuf cents points.

L'ACADÉMICIEN : Mais c'est parfait. Ça rattrape les autres matières.

L'AMI : Hélas, non ! C'est noté sur deux mille. Il faut mille points pour avoir la moyenne.

Eugène Ionesco, *La Lacune*, *in Théâtre*, © Éditions Gallimard, 1966.

Par étapes

ÉTAPE 2 Repérer les personnages

- Repérez les trois personnages afin de ne pas les confondre.
- Au brouillon, dressez un schéma pour comprendre leurs liens et leurs caractéristiques.

Compréhension

Les réponses aux questions doivent être entièrement rédigées.

1 Dressez le portrait de l'Académicien. Appuyez votre réponse sur des éléments précis du texte. 6 pts

....

....

....

....

2 En quoi la situation de l'Académicien est-elle surprenante pour le lecteur ? Justifiez votre réponse. 6 pts

....

....

....

....

3 Quelle est la tonalité de ce texte ? Relevez des éléments dans le texte qui le prouvent. 4 pts

....

....

....

....

....

Les conseils du prof !

- Il faut relever dans le texte toutes les informations qui concernent ce personnage. Surlignez-les et triez-les ensuite par ordre d'importance.
- Cette question appelle une réponse développée nourrie de citations du texte.

Expliquez ce que vous comprenez de cette situation cocasse.

On attend que vous repériez les intentions de l'auteur : faire rire, divertir, dénoncer…

Les conseils du prof !

4 À l'annonce de son échec, l'Académicien a plusieurs réactions. Étudiez précisément la progression des émotions ressenties par ce personnage au fil de l'extrait. Citez le texte. 8 pts

....

....

....

....

....

Cette question est rédigée au pluriel. Il faut donc identifier plusieurs réactions ainsi que leur progression (plus ou moins fortes).

5 Que cherche à dénoncer Eugène Ionesco dans ce texte ? Justifiez votre réponse. 6 pts

....

....

....

....

....

....

- Cette question a un rôle de conclusion ; elle appelle donc une réponse développée.
- Appuyez-vous sur vos réponses précédentes pour construire son contenu.

Grammaire

Les réponses aux questions doivent être entièrement rédigées.

1 À quoi reconnaît-on que cet extrait est issu d'un texte théâtral ? Relevez au moins trois indices qui le prouvent. 4 pts

....

....

....

....

....

Il s'agit ici de repérer les particularités du dialogue théâtral qu'il faut distinguer du dialogue inséré dans le récit.

2 Dans les phrases, « Ils ont osé me faire ça ! » (l. 1-2) et « Ils font tout pour me compromettre » (l. 7), qui sont les personnes désignées par le pronom « ils » ? 6 pts

....

....

....

- Relisez l'intégralité du texte pour repérer à qui renvoie ce pronom personnel.
- Vous pouvez formuler des hypothèses de lecture en vous appuyant sur des citations du texte.

3 Il doit y avoir tous vos rivaux, vos collègues. Tous ceux que vous avez attaqués dans la presse pour leur ignorance : vos anciens élèves, vos étudiants, tous les agrégatifs, qui ont été refusés à cause de vous quand vous avez présidé le jury.

› **Réécrivez ce passage en mettant au féminin les termes soulignés et en faisant tous les accords nécessaires.** 10 pts

Par étapes

ÉTAPE 1 Comprendre la consigne

- Attention, il faut transformer les mots soulignés mais aussi tous les termes qui s'accordent avec : adjectifs, déterminants, participes passés.
- Il y a deux types d'accord du participe passé, l'un avec l'auxiliaire « avoir », l'autre avec l'auxiliaire « être ».

ÉTAPE 2 Souligner les transformations

- Attention, ce ne sont pas uniquement les mots soulignés dans la consigne.
- Il faut relire le texte dans sa globalité afin de veiller à conserver la **cohérence de vos phrases** (chaînes d'accord, ordre des mots...).
- Ne portez pas uniquement votre regard sur les mots soulignés car le texte doit **former un ensemble cohérent**.

Dictée

10 pts 20 min → Corrigé p. 31

› Écoutez la dictée sur le site abcbrevet.com.

Mot donné : *connivence.*

Titre :

Les conseils du prof !

- Lors de la première lecture, concentrez-vous bien sur le sens général du texte.
- Pensez à vérifier :
  – l'écriture des chiffres en toutes lettres (sauf pour les années) ;
  – les conjugaisons du futur simple ;
  – les sujets inversés ou sous-entendus ;
  – on/ont.

Rédaction **40 pts** 1H30 Imprimez votre copie pour rédiger

› Vous traiterez au choix l'un des sujets suivants :

Sujet d'imagination → Corrigé p. 32

La presse s'empare de cette information. Imaginez l'article qu'un journaliste compose pour rendre compte de la mésaventure de l'Académicien tourné en ridicule.

Par étapes

ÉTAPE 1 Repérer les mots-clés

- ***Un journaliste :*** votre écrit devra prendre une forme journalistique.
- ***Mésaventure de l'Académicien tourné en ridicule :*** votre article devra être critique.

ÉTAPE 2 Comprendre le sujet

- ***La presse s'empare de cette information :*** cette scène qui appartenait à la sphère privée va être portée à la connaissance du public.
- ***Imaginez l'article :*** il vous faudra respecter la forme d'un article de presse fictif.
- Votre article devra comporter des **passages narratifs** (où vous racontez la situation) et des **passages argumentatifs** (où le journaliste ou des personnages interviewés donnent leur point de vue sur la question).

ÉTAPE 3 Rédiger un plan au brouillon

- **L'introduction**, le chapeau, est un résumé de la situation. Vous y récapitulez les informations importantes de cette scène : personnes présentes, lieu, époque, particularités de la situation, conséquences... pour annoncer les **points forts** de l'article.
- Rappelez, ensuite, la **carrière de l'Académicien**, le **scandale de cette révélation** ainsi que les **réactions de ses collègues**, de **ses anciens élèves**...
- Certaines informations sont passées sous silence dans le texte de Ionesco, il faudra donc les inventer.
- **La chute de l'article** doit proposer une citation, un détail qui résume bien la situation, une appréciation générale ou une perspective d'avenir. L'important est d'être **bref** et **percutant**.

› **Mon brouillon**

Les conseils du prof !

Pour commencer votre introduction et construire votre titre, notez bien ce que la situation a d'insolite.

Utilisez un lexique permettant l'expression d'un jugement (la modalisation) : « sans conteste », « peut-être » ; « pour moi », « aurait pu » (le conditionnel).

Ayez recours à un **vocabulaire appréciatif** : « inquiétant », « de qualité » et à l'**expression des sentiments** : « honte », « amusement »...

Les réactions des personnages peuvent être rapportées sous forme d'interview (au discours direct entre guillemets).

Sujet de réflexion → Corrigé p. 33

Selon vous, quels sont les différents rôles de l'école dans la formation des personnes ?

Par étapes

ÉTAPE 1 Repérer les mots-clés

- ***L'école :*** en rapport avec le texte de départ, vous pourrez y faire référence.
- ***Les différents rôles :*** autrement dit les fonctions de l'école.
- ***La formation des personnes :*** signifie que vous pouvez évoquer les apprentissages qui aident les écoliers à devenir des adultes responsables.

ÉTAPE 2 Comprendre le sujet

- ***Selon vous :*** cette expression signifie que l'on sollicite votre point de vue personnel.
- ***Quels sont... :*** ce sujet n'exige pas de défendre un point de vue « pour » ou « contre ». Il faut plutôt lister vos **différentes idées** pour répondre à cette question, puis les regrouper en grands thèmes au brouillon ci-dessous.

ÉTAPE 3 Rédiger un plan au brouillon

- Un paragraphe d'**introduction en trois parties** :
  – **reformulez la phrase de départ** pour introduire le thème de votre devoir : quelles sont les différentes missions de l'école dans le développement des personnes ?
  – **reprenez la question du sujet** au style indirect « nous pouvons interroger... ».
  – **annoncez votre plan** à l'aide de connecteurs : « Nous montrerons, tout d'abord, que ... » ; « Puis, nous nous attacherons à démontrer que... ».
- Veillez à ne pas vous contenter d'énumérer vos idées sans lien entre elles, ni développement.
- Rédigez un paragraphe de **conclusion en deux parties** : un bilan et une ouverture.

› Mon brouillon

Les conseils du prof !

Listez vos différentes idées puis regroupez-les en deux ou trois grands thèmes.

Trouvez des mises en situation concrètes (des exemples) qui confirment ce que vous avancez.

Vérifiez que tous vos arguments répondent bien à la question.

Compréhension → p. 25

Je comprends les corrigés

1 L'Académicien est un personnage d'importance, nous le comprenons grâce à son « uniforme », le port de son « épée » et de ses « décorations » (didascalie). L'expression : « vous avez présidé le jury » (l. 19-20) souligne cette même idée. Cet homme, sûr de lui, refuse son échec et ne se remet aucunement en question : « ils font tout pour me compromettre » (l. 7). Il se pense érudit et supérieur (« tous ceux [...] attaqués [...] pour leur ignorance », l. 17-18). L'Académicien semble également malhonnête car il est prêt à « soudoyer » un homme pour sauver son honneur (l. 9).

> Un portrait peut être physique et moral. Il est donc important de ne négliger aucun de ces deux aspects.

2 La situation de l'Académicien est surprenante pour le lecteur car ses compétences sont remises en question : « Zéro en maths » (l. 24) ; « Zéro en grec, zéro en latin » (l. 26). Il ne parvient pas à obtenir l'un des premiers examens du cursus scolaire français alors qu'il est membre de l'une des institutions littéraires les plus prestigieuses : l'Académie française.

> Vous devez repérer le paradoxe de la situation de ce personnage que l'on dit érudit mais qui reçoit des notes lamentables à l'examen et qui propose de « soudoyer » le concierge.

3 La tonalité de ce texte est comique. L'auteur cherche à faire rire : il prête à son personnage un vocabulaire familier, décalé par rapport à ses fonctions : « Recalé au bac ! les canailles ! » (l. 1). Ce dernier essaye de se rassurer avec des hypothèses absurdes : « s'il faisait sombre, on ne les a peut-être pas vus ? » (l. 4-5). Ses résultats le ridiculisent : « Zéro... » (l. 24 et l. 26). L'attitude des autres personnages participe également à cet effet comique. Sa femme s'offusque d'une telle nouvelle (l. 27-29) (non sans ironie) tandis que son ami reste impassible et fataliste (« Hélas ! l. 12 et 36).

> La situation paradoxale évoquée à la réponse précédente crée le comique et met en avant le ridicule du personnage principal. L'auteur cherche donc à faire rire son lecteur tout en remettant en question le prestige des institutions françaises.

4 À la nouvelle de son échec, l'Académicien a plusieurs réactions. Il se met tout d'abord en colère et semble indigné : « Recalé au bac ! Les canailles ! ils ont osé me faire ça ! » (l. 1-2). Puis, il doute de cette information et montre son incrédulité : « Comment avez-vous pu les lire ? » (l. 5). Enfin, il manifeste son inquiétude : « Qui ? les parents d'élèves ? » (l. 14) et sa honte : « C'est le déshonneur » (l. 21). Il tente de se rassurer mais en vain : « Mais le français, ma note en composition française ? » (l. 31-32) ; « Ça rattrape les autres matières » (l. 34-35). Le personnage perd donc progressivement son assurance.

> Repérez bien l'évolution : de la colère à la perte d'assurance.

5 Dans ce texte, Eugène Ionesco cherche à dénoncer le ridicule de certaines institutions dont les membres s'éloignent de la réalité de « terrain ». Leur légitimité est également remise en question tout comme le système scolaire de manière plus large.

> La question de la dénonciation revient dans la plupart des sujets sur le théâtre comique : l'auteur, par le rire, pousse souvent son lecteur à la réflexion.

Grammaire

→ p. 26

1 Plusieurs éléments de ce texte nous permettent d'identifier le genre théâtral. Les didascalies « *Entre l'Académicien...* » ou « (*À l'ami*) » (l. 31) nous donnent des indications de jeu et de costume. La présence des noms des personnages avant leur réplique nous prouve également qu'il s'agit de théâtre. De plus, cet extrait est uniquement composé de dialogues.

> Repérez les indices qui prouvent qu'il s'agit de théâtre. Il faut donc en retrouver les particularités par rapport à la poésie ou au roman.

2 Dans les phrases, « Ils ont osé me faire ça ! » (l. 1-2), « Ils font tout pour me compromettre » (l. 7), le pronom « ils » désigne toutes les personnes qui ont été attaquées, critiquées ou refusées à un examen/concours par l'Académicien. L'énumération de la ligne 18, nous conduit vers la réponse : « vos collègues [...], vos anciens élèves, vos étudiants, tous les agrégatifs... »

> • Le pronom au pluriel indique bien qu'il s'agit d'un collectif.
> • Plusieurs propositions sont attendues.

3 Il doit y avoir toutes vos rivales, vos collègues. Toutes celles que vous avez attaquées dans la presse pour leur ignorance : vos anciennes élèves, vos étudiantes, toutes les agrégatives, qui ont été refusées à cause de vous quand vous avez présidé le jury.

> • Le mot « collègues » est identique au masculin et au féminin.
> • Auxiliaire « être » : le participe passé s'accorde avec le sujet.
> • Auxiliaire « avoir » : le participe passé ne s'accorde pas avec le sujet, il s'accorde avec le COD lorsque celui-ci est placé avant le verbe.

Dictée

→ p. 27

– Pas de panique, dans vingt-six ans il possédera parfaitement son alphabet.
Ainsi ironisait mon père pour distraire ses propres craintes. Bien des années plus tard, comme je redoublais ma terminale à la poursuite d'un baccalauréat qui m'échappait obstinément, il aura cette formule :
– Ne t'inquiète pas, même pour le bac on finit par acquérir des automatismes...
Ou, en septembre 1968, ma licence de lettres enfin en poche :
– Il t'aura fallu une révolution pour la licence, doit-on craindre une guerre mondiale pour l'agrégation ?
Cela dit sans méchanceté particulière. C'était notre forme de connivence. Nous avons assez vite choisi de sourire, mon père et moi.

Daniel Pennac, *Chagrin d'école*, © Gallimard, 2007.

> • Les terminaisons du futur. Attention « at » n'existe pas !
> • Veillez à repérer le sujet inversé et l'impératif présent (qui ne prend pas de « s » avec les verbes du 1er groupe).
> • « On » est un pronom personnel remplaçable par « il », tandis qu'« ont » est le verbe « avoir » remplaçable par « avaient ».

Sujet d'imagination

→ p. 28

Un Académicien recalé au bac : quelle épreuve !

Paris. XVIe Arrondissement. *Ils étaient nombreux ce matin à se précipiter devant les grilles du lycée Jean Moulin pour obtenir le verdict. Admis ou recalé ? Au milieu des pleurs, des cris de joie et des soupirs des étudiants, nous avons retrouvé quelques curieux soucieux du sort d'un Académicien.*

En effet, un Académicien, âgé de 54 ans, en fonction depuis plus d'une vingtaine d'années, s'est vu contraint de passer l'examen du baccalauréat série générale suite à une demande de son administration. Ce diplôme manquait et continuera de manquer à son cursus…

Un homme reconnu…

L'Académicien est, sans conteste, un homme décoré à maintes reprises, qui s'est démarqué des siens par ses qualités oratoires et littéraires. Il a intégré l'Académie française, une institution chargée de défendre la langue française il y a plus de vingt ans et publie de nombreux ouvrages où il revendique la formation humaniste de nos ancêtres. Comment justifier alors ses résultats désormais connus du grand public ?

Zéro en mathématiques, en grec comme en latin. Sa note de composition française aurait pu rehausser ces résultats inquiétants si l'épreuve n'avait pas été évaluée sur mille points ! De fait, l'Académicien n'a obtenu que neuf cents points pour cette épreuve…

Des résultats très controversés

« Je viens constater de mes propres yeux que l'Académicien fait partie des élèves recalés à l'examen ! Je n'en reviens pas ! » déclare une jeune enseignante. « On me l'a dit par message assez tard, hier soir, mais je souhaitais en avoir la confirmation par moi-même ! Cet homme qui semait la terreur dans les jurys d'examen, n'a pas obtenu ce diplôme… Quelle honte ! » ajoute-t-elle.

« Je suis un de ses anciens élèves. J'avais entendu dire qu'il devait passer cet examen suite à une demande de l'administration mais j'étais loin d'en imaginer le résultat… J'ai peine à croire que cet homme si exigeant n'ait pas le niveau d'études requis… » affirme Pierre X. dubitatif.

« Pour moi, c'était une évidence ! déclare Josette, mère d'élèves. Il était incapable de tenir une conversation et se fermait systématiquement aux remarques et demandes qu'on pouvait formuler. C'est un incapable, un malhonnête, un zéro ! Il n'hésitait pas à dévaloriser le travail des élèves et de leurs enseignants ! »

Au petit matin, la police a dû se rendre sur les lieux pour éviter les mouvements de foule et les rixes.

- Cet écrit doit prendre la forme d'un article de presse.
- Mobilisez vos connaissances sur sa forme : titre, chapeau, intertitres, chute…

Vous utiliserez le passé composé et le présent car il s'agit d'un fait d'actualité.

Votre rédaction doit s'appuyer au maximum sur le texte de Ionesco.

Il doit contenir des paroles rapportées directement sous forme d'interview pour créer un effet de réalisme. Les guillemets et la ponctuation expressive sont donc essentiels.

Chaque nouvelle idée, ou nouvel « épisode » de l'article doit faire l'objet d'un nouveau paragraphe avec un alinéa.

Pour le moment, l'homme ne souhaite pas témoigner sur cette expérience ; à moins qu'il ne révise déjà pour le baccalauréat de l'an prochain ?

E. I.

Soyez attentifs à bien conserver l'anonymat en signant votre article. Utilisez par exemple les initiales de l'auteur.

Sujet de réflexion ➔ p. 29

« De toutes les écoles que j'ai fréquentées, c'est l'école buissonnière qui m'a paru la meilleure » écrit Anatole France dans *Le Petit Pierre* en 1918. Au regard de cette citation et du texte de Ionesco que nous venons d'étudier, nous pouvons interroger le rôle ou les rôles de cette institution qu'est l'école dans la formation des personnes. Nous montrerons, tout d'abord, que l'école a pour rôle d'instruire les jeunes. Puis, nous nous attacherons à démontrer qu'elle a un rôle socialisant. Enfin, nous expliquerons qu'elle permet de former de futurs citoyens responsables trouvant leur place dans la société.

L'introduction est composée de trois parties :
- la phrase d'appel pour introduire le thème. Vous pouvez proposer une citation en lien avec le texte de départ ;
- la question : vous pouvez la reformuler mais veillez à ne pas la dénaturer ;
- l'annonce du plan.

En premier lieu, l'école a pour rôle d'instruire les jeunes en leur apportant des connaissances qui leur permettent de se cultiver, d'évoluer et de développer leurs compétences. L'école offre une ouverture culturelle qui permet aux écoliers de découvrir un autre univers que la sphère familiale pour vivre d'autres expériences. Prenons l'exemple d'Annie Ernaux, dans son roman autobiographique *La Place*. Elle y raconte comment l'école lui a permis d'accéder à un autre milieu social que le sien, alors que toutes les jeunes filles de son âge, autour d'elle, travaillaient et gagnaient déjà leur vie à 17 ans.

Dans ce type de sujet, les arguments ne cherchent pas à défendre un point de vue « pour » ou « contre ». Il faut donc sélectionner et hiérarchiser vos idées pour être convaincants.

Mais l'école ne cherche pas uniquement à enseigner de purs savoirs ; elle vise également à développer des savoir-être. Elle permet aux jeunes gens de se retrouver en collectivité et d'apprendre à gérer cette vie de groupe. Elle ouvre donc à de belles rencontres comme à des rencontres parfois plus douloureuses car elle contraint les écoliers à s'affirmer et à se positionner face à un groupe, pour vivre ensemble. Par exemple, dans l'œuvre de Fred Uhlman, *L'Ami retrouvé*, Hans mène sa vie d'élève moyen jusqu'au jour où un nouvel élève fait son entrée dans sa classe, Conrad Graf von Hohenfels. Pour faire en sorte que Conrad devienne son ami, Hans va développer un grand nombre de stratagèmes (performances en cours, en gymnastique, partage de sa collection de pièces...). Une forte amitié naît entre ces deux enfants malgré un contexte historique peu favorable.

Chaque indicateur logique introduit un paragraphe argumentatif.

De même, dans le roman *La Belle Adèle* de Marie Desplechin, Adèle est un personnage en marge du groupe. Elle vit très mal son quotidien de collégienne et la dictature de la mode qui règne dans son école. Pourtant, un jour, elle parvient avec l'aide de Frédéric (son nouvel allié) à trouver sa place au sein du groupe.

Enfin, l'école permet de penser de manière autonome et forme des citoyens libres et éclairés. Nous pouvons prendre l'exemple de ce groupe de jeunes étudiants du Val-de-Marne qui s'est donné pour mission de

Dans ce type de devoir, deux exemples, s'ils sont complémentaires, peuvent être développés pour mettre en valeur une même idée.

Je comprends les corrigés

rencontrer les personnes de leur quartier défavorisé afin de les pousser à s'inscrire sur les listes électorales pour voter aux élections présidentielles et défendre leurs droits.

Si, selon certains, l'école et son fonctionnement sont à remettre en question, elle joue néanmoins un rôle important dans la formation des personnes. Qu'elle soit instructive ou socialisante, l'école permet à un individu de se construire afin de devenir autonome tout en trouvant sa place dans la société.

La conclusion a pour rôle de synthétiser l'ensemble du devoir. Essayez d'y conserver l'ordre de vos idées pour guider votre lecteur dans votre raisonnement et montrer que ce dernier est construit.

JE FAIS LE POINT

	J'ai bien compris et j'ai réussi	Il manque des connaissances → Je revois le cours	Je n'ai pas compris la méthode → Je relis les conseils
Questions de compréhension → p. 25	❏	❏	❏
Questions de grammaire → p. 26	❏	❏	❏
Dictée → p. 27	❏	❏	❏
Rédaction			
– Sujet d'imagination → p. 28	❏	❏	❏
– Sujet de réflexion → p. 29	❏	❏	❏

SUJET 3

100 pts — 3H

THÈME Se rencontrer, se représenter

Travail sur les documents

50 pts 1H10 → Corrigé p. 43

TEXTE *Baby-foot*, Joseph Joffo

Dans Baby-foot, *Joseph Joffo se rappelle les épisodes marquants de son enfance.*

En 1945, donc, le chewing-gum c'est quelque chose d'extrêmement précieux. Personnellement, mon premier chewing-gum m'a duré deux semaines. Je le rangeais soigneusement chaque soir dans le tiroir de ma table de nuit pour le retrouver au matin, totalement insipide[1] mais, c'est cela qui importe, toujours élastique.

Cet hiver, la pénurie est si grande que je le partage avec Franck : il mâche les jours pairs, je mâche les jours impairs. Malheureusement, au cours d'une récréation, alors que je joue au prisonnier, une bourrade[2] plus violente que les autres me fait avaler la précieuse boulette. Je reste pétrifié au milieu de la cour.

« Qu'est-ce que t'as, Jo ? »

Je n'ose pas répondre. Ils sont tous autour de moi.

« Qu'est-ce que t'as, mec ? Accouche…

– Mon chouingom, dis-je, du coup, perdant mon semblant d'accent yankee.

– Ben quoi ton chouingom ?

– Je l'ai avalé. »

Je sens leurs yeux vaguement apitoyés. Franck me remonte le moral à sa manière. Un sadique !

« Ma mère dit que ça colle les boyaux et qu'on peut en mourir.

– Forcément, dit Cottard, ça colle aux parois et ça fait des fils, alors tout ce que tu bouffes, ça passe plus, ça reste au-dessus. »

Ils tournent autour de moi comme si j'étais une statue de musée.

« C'est con, commente Franck, peut-être va falloir l'ouvrir. »

Je sens déjà mes intestins se révolter.

« Non, mais ça va pas, tu crois pas qu'on va m'opérer parce que j'ai avalé ce petit truc ? »

Je quête une approbation dans leurs yeux, mais ils n'ont pas l'air d'opiner en mon sens. Je n'ose plus bouger comme

1. *Insipide* : sans goût.
2. *Bourrade* : poussée brutale, coup.

Par étapes

ÉTAPE 1 Lire et comprendre le texte

- **Surlignez** dans le texte et le paratexte **les éléments autobiographiques** : « *Joseph Joffo se rappelle les épisodes marquants de son enfance* » ; « Personnellement, mon » ; « Je le rangeais » ; « ma table de nuit » ; « je le partage » ; « je mâche les jours impairs » ; « Ils sont tous autour de moi » ;
- **Surlignez les indices de temps et de lieu** (= repères spatio-temporels) : « En 1945 » ; « Cet hiver, au cours d'une récréation » ; « au milieu de la cour ».

si j'avais une bombe à retardement dans le ventre ! Il est vrai qu'il court de sinistres légendes sur le chewing-gum. Ce sont les mères françaises qui les ont inventées pour protéger leur progéniture de ce bonbon d'outre-Atlantique aux propriétés inconnues, donc dangereuses. Le chewing-gum développe les muscles des mâchoires jusqu'à vous donner une allure de Cro-Magnon. Le chewing-gum coupe l'appétit et on devient maigre comme un fil, et enfin, à force de mâcher, on ne pense plus qu'à ça et on devient fou. Celui qui abuse donc de chewing-gum a une énorme mâchoire, pèse vingt-cinq kilos et se prend pour Napoléon. Et en plus, s'il vient à l'avaler, alors c'est le pire de tout. La catastrophe !

Voilà M. Maillard, le maître.

« Qu'est-ce qu'il se passe, Joseph ? »

Il a remarqué que cela fait cinq bonnes minutes que je suis immobile au milieu de la cour ; comme ce n'est pas dans mes habitudes, il vient aux nouvelles.

C'est un brave homme, la retraite en poche, sa blouse est aussi grise que sa moustache.

« J'ai avalé mon chouingom. »

Il se gratte le crâne et a envie de dire quelque chose, mais il doit surprendre l'anxiété dans mes yeux, aussi sourit-il en tripotant son sifflet.

« Avec un peu de chance, tu le récupéreras demain matin. »

J'imagine le trajet suivi par le chewing-gum. Me voilà sauvé ! Mais je l'ai échappé belle…

Joseph Joffo, *Baby-foot*, © Éditions Jean-Claude Lattès, 1977.

IMAGE ***La Voiture fondue*, Robert Doisneau, 1944**

Par étapes

ÉTAPE 2 Comprendre l'image

- Notez les informations données par la légende (date, auteur, titre).
- Observez précisément l'image pour repérer les plans, les personnages, la nature du document.

ÉTAPE 3 Mettre en relation les documents

- Trouvez deux points communs entre les documents : personnages, situation, époque…

Grammaire

Les réponses aux questions doivent être entièrement rédigées.

1 Quel niveau de langue est utilisé dans les dialogues ? Comment comprenez-vous ce choix de l'auteur ? 6 pts

....

....

....

2 Relevez les comparaisons successives qui décrivent l'attitude du personnage. En quoi renforcent-elles le ridicule de sa situation ? 6 pts

....

....

....

....

3 Quel est le temps verbal majoritairement utilisé dans ce texte ? Pour quelle raison, à votre avis, l'auteur fait-il ce choix ? 6 pts

....

....

....

4 Cet hiver, la pénurie est si grande que je le partage avec Franck : il mâche les jours pairs, je mâche les jours impairs. Malheureusement, au cours d'une récréation, alors que je joue au prisonnier, une bourrade plus violente que les autres me fait avaler la précieuse boulette. Je reste pétrifié au milieu de la cour.

› Réécrivez ce passage en remplaçant le présent par les temps du passé appropriés et en opérant toutes les modifications nécessaires. 8 pts

....

....

....

....

Les conseils du prof !

- Vous connaissez **trois niveaux de langue** : familier, courant et soutenu.
- Pensez à citer le texte pour illustrer votre réponse.

Une comparaison se construit avec un outil de comparaison : *tel que, le même... que, ainsi que...*

- « majoritairement » : vérifiez plusieurs verbes à différents endroits du texte.
- Mobilisez vos connaissances sur les valeurs des temps.

Par étapes

ÉTAPE 1 Comprendre la consigne

- Le présent va être remplacé par deux temps du passé : l'imparfait et le passé simple.

ÉTAPE 2 Souligner les transformations

- Cela vous oblige à vous relire précisément.

Les conseils du prof !

Compréhension

Les réponses aux questions doivent être entièrement rédigées.

1 Relevez les éléments du texte qui évoquent le monde de l'enfance. 4 pts

Vous devez relever un **champ lexical** : des mots et des expressions autour du thème de l'enfance.

2 Montrez que les souvenirs du narrateur sont liés à un contexte historique précis que vous indiquerez. Appuyez-vous sur le texte pour justifier votre réponse. 6 pts

- Cette question fait un lien avec votre programme d'histoire de 3e : « Guerres mondiales, société de l'entre-deux-guerres ».
- Pour vous aider, relevez les repères temporels et les éléments de culture américaine comme le « chewing-gum ».

3 Selon vous, quel regard l'auteur porte-t-il sur l'enfant qu'il était ? Appuyez-vous sur l'ensemble de l'extrait pour répondre. 6 pts

On attend de vous un adjectif pour qualifier le regard du narrateur adulte sur le narrateur enfant : *critique*, *moqueur*, *honteux*...

4 Quels éléments peuvent rapprocher le texte de Joseph Joffo et la photographie de Robert Doisneau ? 4 pts

Les conseils du prof !

- Trouvez au moins deux points communs entre le texte et l'image.
- Pensez à utiliser les indications fournies par la légende.

5 Comment les enfants transforment-ils la réalité de la guerre ? Quel message semble ainsi nous transmettre le photographe ? 4 pts

- Décrivez les attitudes de jeux de chaque enfant par rapport au décor qui les environne.
- Rappelez ce que symbolisent les enfants : vie, joie, innocence...

Dictée

10 pts — 20 min → Corrigé p. 44

› Écoutez la dictée sur le site abcbrevet.com.
Mot donné : *calotte*.

Titre :

- Écrivez les mots que vous ne connaissez pas de la manière la plus simple possible.
- Portez votre attention sur les **points suivants** :
  – la conjugaison de l'imparfait ;
  – leurs/leur.

Rédaction 40 pts 1H30

Imprimez votre copie pour rédiger

› Vous traiterez au choix l'un des sujets suivants :

Sujet d'imagination → Corrigé p. 44

Racontez le souvenir d'une bêtise commise pendant l'enfance. Vous évoquerez ce que vous avez ressenti alors et comment vous le comprenez aujourd'hui.

Par étapes

ÉTAPE 1 Repérer les mots-clés

- ***Souvenir ; pendant l'enfance :*** on attend un texte autobiographique, rédigé à la première personne (je), vous n'êtes pas obligés de raconter la vérité, mais il faut que ce soit vraisemblable.
- ***Bêtise :*** comme dans le texte de Joffo, les bêtises de l'enfance peuvent faire sourire, il ne s'agit pas d'un événement dramatique ou traumatisant.

ÉTAPE 2 Comprendre le sujet

- ***Racontez :*** le sujet invite à produire un texte narratif, vous devez donc raconter une histoire.
- ***Alors/aujourd'hui :*** on attend de vous que vous évoquiez vos sensations et sentiments dans l'enfance et ce que vous en pensez aujourd'hui : « J'ai eu très peur alors, aujourd'hui je trouve que j'étais ridicule. »

ÉTAPE 3 Rédiger un plan au brouillon

- **L'introduction** peut évoquer les circonstances dans lesquelles le souvenir vous revient en mémoire. Pour cela, n'hésitez pas à faire appel aux sensations liées à ce souvenir.
- **Écrivez les moments importants du souvenir** : personnes présentes, lieu, époque, objets...
  – Que s'est-il passé ?
  – Quelles ont été les conséquences ?
- **Notez des réflexions** sur ce que vous avez ressenti et sur ce qui a déclenché vos émotions.
- **Pour conclure**, montrez que le recul vous a permis d'analyser votre expérience.

› **Mon brouillon** ....

Les conseils du prof !

Pour commencer votre introduction, utilisez des verbes évoquant le **souvenir** : « je me revis », « je me replongeai », « cela me rappela »...

- Pour parler de vos sensations et de vos sentiments, utilisez des tournures appropriées : « je sentais ; j'observais ; j'écoutais ; j'éprouvais ; il me semblait que ; j'avais l'impression de... »
- Expliquez ce qui a déclenché vos émotions : « J'étais véritablement ému parce que... », « C'était la première fois que... », « Je ressentais de la colère car... », « J'aurais aimé alors... »

Insérez des phrases au présent dans votre texte au passé pour montrer que vous avez pris du recul : « Aujourd'hui je comprends que... », « Je sais maintenant que... ».

Sujet de réflexion → Corrigé p. 45

On dit souvent que l'enfance est le plus bel âge de la vie. Vous discuterez cette affirmation. Vous vous appuierez sur votre expérience et sur vos lectures pour illustrer votre réflexion.

Par étapes

ÉTAPE 1 **Repérer les mots-clés**

- ***L'enfance :*** le thème est en rapport avec le texte de départ, vous pourrez y faire référence.
- ***Le plus bel âge de la vie :*** cette affirmation signifie que les autres périodes de la vie (adolescence, adulte, vieillesse) seront hors sujet.

ÉTAPE 2 **Comprendre le sujet**

- ***Vous discuterez :*** ce verbe signifie qu'il faudra envisager deux réponses à l'affirmation de départ.
- Vous pouvez reformuler le sujet sous forme de question : « Pensez-vous que l'enfance est le plus bel âge de la vie ? »
- Vous vérifierez ensuite que tous vos arguments répondent bien à cette question.
- ***Illustrer :*** ce verbe signifie qu'il faut donner des exemples précis pour chacun de vos arguments.
- ***Votre expérience et vos lectures :*** les exemples devront venir de votre expérience personnelle (souvenirs, amis d'enfance...) ou des livres et textes que vous avez lus (ou étudiés en classe).

ÉTAPE 3 **Rédiger un plan au brouillon**

- Un paragraphe d'**introduction en trois parties** :
  – **reformulez la phrase de départ** pour introduire le thème de votre devoir : *l'enfance est le plus bel âge de la vie* ;
  – **reprenez la question du sujet** au style indirect « On peut se demander si... » ;
  – **annoncez votre plan** : « Nous répondrons à cette question en deux parties... »
- L'expression « vous discuterez cette affirmation » appelle un plan en **deux parties** : oui/non. Aidez-vous du brouillon ci-dessous pour faire un tableau avec vos arguments.
- Un paragraphe de **conclusion en deux parties** : un bilan et une ouverture.
- Chaque partie devra comporter au moins **deux paragraphes** : 1 paragraphe = 1 argument + 1 exemple.

› Mon brouillon

Introduction : ....

....

Oui	Non
• **Argument** : enfance = insouciance. > **Exemple** : Marcel Pagnol, *La Gloire de mon père*. • **Argument** : .... > **Exemple** :	• **Argument** : enfance = incertitude et doutes. > **Exemple** : Gilles Paris, *Autobiographie d'une courgette*. • **Argument** : .... > **Exemple** : ....

Conclusion : ....

....

Les conseils du prof !

- Faites deux colonnes pour les deux parties : oui/non.
- Dans chaque colonne, trouvez au moins deux arguments et deux exemples.

Grammaire → p. 38

Je comprends les corrigés

1 L'auteur a choisi le langage familier dans les dialogues : « Ben quoi ton chouingom ? » (l. 18), « tu bouffes » (l. 25). Ce niveau de langue permet de rapporter les paroles des enfants dans la cour de récréation avec plus de réalisme et contribue aussi à installer la tonalité humoristique de l'extrait.

> Les **niveaux de langue** permettent de placer les personnages dans une situation particulière (âge, milieu social...) et donnent une tonalité au texte.

2 Les deux comparaisons du texte « comme si j'étais une statue de musée » (l. 27), « Je n'ose plus bouger comme si j'avais une bombe à retardement dans le ventre ! » (l. 35) insistent sur la peur du narrateur. Cette peur est démesurée par rapport à l'événement raconté, ce qui accentue le ridicule du personnage et de la situation.

> On repère les **comparaisons** avec l'outil **« comme »**. Le décalage (ici : peur/événement) fait naître l'humour.

3 Le temps majoritairement utilisé dans l'extrait est le présent de l'indicatif : « je mâche ; ils tournent ; j'imagine... ». Il permet de rendre le récit plus vivant et d'impliquer le lecteur qui a l'impression de découvrir les faits au moment où ils se produisent. On parle de présent de narration.

> Les trois valeurs principales du présent sont : **l'énonciation**, **la vérité générale** et **la narration**, vous devez les connaître.

4 Cet hiver, la pénurie était si grande que je le partageais avec Franck : il mâchait les jours pairs, je mâchais les jours impairs. Malheureusement au cours d'une récréation, alors que je jouais au prisonnier, une bourrade plus violente que les autres me fit avaler la précieuse boulette. Je restais pétrifié au milieu de la cour.

> - L'imparfait est utilisé pour les descriptions et pour les actions longues ou répétées.
> - Le passé simple est utilisé pour les actions ponctuelles.

Compréhension → p. 39

1 Plusieurs éléments du texte évoquent le monde de l'enfance : l'univers de l'école avec ses jeux « récréation ; je joue au prisonnier ; une bourrade ; le maître... ».

> Reprendre les termes de la question pour introduire le champ lexical de l'enfance.

2 Cet épisode se situe juste après la Seconde Guerre mondiale : « En 1945 » (l. 1), « la pénurie » (l. 7). Plusieurs détails montrent également la fascination pour la culture des États-Unis qui viennent de contribuer à libérer l'Europe : « accent yankee » (l. 17), « ce bonbon d'outre-Atlantique » (l. 39).

> **Bien identifier** qu'il s'agit de la fin de la Seconde Guerre mondiale et ne pas simplement dire « pendant la Seconde Guerre mondiale ».

3 L'auteur porte un regard amusé et moqueur sur lui-même. Il n'hésite pas à montrer le ridicule de sa réaction en restant « pétrifié » (l. 11) par la peur. Sa fascination pour la culture américaine le tourne également en dérision : le chewing-gum devient une « précieuse boulette » (l. 11) et son accent américain disparaît à la première occasion : « perdant mon semblant d'accent yankee » (l. 17).

> Cette question revient dans la plupart des **sujets autobiographiques** : l'auteur adulte porte un regard soit amusé, soit critique sur l'enfant qu'il était.

Je comprends les corrigés

4 On retrouve dans les deux documents les éléments de l'enfance : le groupe de copains de la cour de récréation se retrouve ici sur un terrain vague à proximité d'une grande ville. La présence de la guerre se fait aussi sentir dans les deux documents, l'anecdote de Joseph Joffo se déroule dans le Paris de 1945, et la photographie est prise en 1944 et montre une voiture sans doute détruite pendant des combats.

Les deux éléments doivent être évoqués en parallèle : les enfants dans le texte/sur la photographie, la guerre dans le texte/sur la photographie.

5 Les enfants échappent chacun à leur manière à la réalité de la guerre : le paysage désolé du terrain vague et de la voiture détruite devient un terrain de jeu : les enfants sourient, une petite fille « princesse » attend le départ de sa « calèche », les grands sur le capot ont le regard tourné vers l'horizon… En cette période de fin de guerre, Doisneau semble faire passer un message d'espoir vers un avenir plus riant incarné par les sourires des enfants jouant sur les ruines.

La réponse est construite en deux temps : la description puis l'interprétation de ce que symbolisent les enfants.

Dictée → p. 40

Ce jour-là, ils traînaient le long des chemins et leurs pas semblaient alourdis de toute la mélancolie du temps, de la saison et du paysage. Quelques-uns cependant, les grands, étaient déjà dans la cour de l'école et discutaient avec animation. Le père Simon, le maître, sa calotte en arrière et ses lunettes sur le front, dominant les yeux, était installé devant la porte qui donnait sur la rue. Il surveillait l'entrée, gourmandait les traînards, et, au fur et à mesure de leur arrivée, les petits garçons, soulevant leur casquette, passaient devant lui, traversaient le couloir et se répandaient dans la cour.

Louis Pergaud, *La Guerre des boutons*, 1912.

- Les terminaisons de l'imparfait sont très régulières, elles sont les mêmes pour tous les verbes : *-ais/-ais/-ait/-ions/-iez/-aient*.
- Leur + nom : il s'accorde avec le nom (déterminant possessif, exemple : « Ils ont rangé leurs affaires. »). **Astuce :** on peut remplacer par *nos/vos*.
- **Leur + verbe** : invariable (pronom personnel, exemple : « Je leur parle. »). **Astuce :** on peut remplacer par *lui*.

Sujet d'imagination → p. 41

J'avais tout juste cinq ans le jour où mes parents sont rentrés d'un grand magasin d'ameublement avec l'objet convoité par toute la famille depuis quelques semaines. Nous avions débattu longuement devant le catalogue pour choisir la couleur et l'emplacement de ce que nous appelions « La Poire ». Un fauteuil d'une conception très moderne qui nous enveloppait et épousait nos formes dès que l'on s'asseyait dessus – dedans serait plus juste tant il savait s'adapter à nos moindres mouvements en exerçant sur nous une force d'attraction quasi irrésistible !

Très tôt, il avait fallu instaurer des tours pour que chacun puisse se « vautrer » à tour de rôle et de façon équitable. Mon frère et moi nous disputions ce privilège dès le retour de l'école. Il y avait quelque chose de magique qui opérait lorsque l'on se sentait ainsi enveloppé… Après quelque temps, alors que nos parents étaient absents, je remarquai sous La Poire une petite bille blanche… J'avisai mon grand frère, qui, lorsque j'y repense aujourd'hui, ne me fut pas d'un grand secours en m'encourageant à explorer pour voir d'où elle venait. Et c'est là que je découvris la chose la plus fabuleuse qu'il m'ait été donné de comprendre : La Poire était dotée d'une fermeture Éclair ! Il y avait donc un moyen de connaître son

Il s'agit ici d'écrire un passage autobiographique dont les principales caractéristiques sont :
- l'emploi de la 1re personne du singulier ;
- l'emploi de l'imparfait ;
- le récit d'un souvenir ;
- l'évocation de ses sentiments.

Chaque **nouvelle idée**, ou **nouvel « épisode »** du récit doit faire l'objet d'un nouveau paragraphe avec un **alinéa**.

secret, de savoir de quoi elle était constituée, comment elle s'y prenait pour nous retenir ainsi !

Je décidai donc d'ouvrir la fermeture... et la magie opéra, suivie de très près par la catastrophe. Je plongeai mes mains dans une piscine de billes blanches de polystyrène, comprenant qu'elles étaient la source de notre confort, mais à peine avais-je eu cette illumination que les billes décidèrent de reprendre leur liberté et de quitter les entrailles de La Poire ! Une vague blanche recouvrit immédiatement le tapis du salon... J'appelai mon frère à l'aide, il m'exhorta à en ramasser le plus possible pour les remettre en place, mais l'opération était délicate : les billes collaient aux vêtements, au tapis et refusaient de se laisser enfermer à nouveau ! La solution fut l'aspirateur... après une inspection minutieuse du tapis, je pensais avoir réparé la bêtise. Je crois encore que je n'étais pas vraiment convaincu.

Le passage au présent montre le jugement du narrateur devenu adulte.

Mes parents arrivèrent « Tout va bien ? – Oui ! » Après les comptes rendus habituels de la journée passée, mon père se laissa tomber lourdement sur La Poire... je compris immédiatement à sa tête surprise par l'absence d'amorti du pouf qu'il allait falloir donner quelques détails supplémentaires sur notre journée...

Sujet de réflexion → p. 42

D'après les adultes, l'enfance semble être le plus bel âge de la vie, à l'écart des vrais problèmes. On s'interrogera sur le bien-fondé de cette affirmation en montrant d'abord qu'elle se vérifie dans bien des situations, mais qu'il convient parfois de la nuancer.

L'introduction est composée de trois parties : la phrase d'appel pour introduire le thème, une question : « on s'interrogera » et l'annonce du plan.

La première pensée qui nous vient à l'esprit lorsque l'on évoque l'enfance est l'insouciance qui lui est attachée. En effet, les enfants n'ont pas à se préoccuper des problèmes quotidiens qui peuvent se poser aux adultes : l'argent, l'organisation de la vie familiale, le travail... C'est ce que nous retrouvons dans le roman autobiographique de Marcel Pagnol *La Gloire de mon père*, où l'emploi du temps du narrateur est partagé entre les amis, les vacances en famille et l'école, sans autre souci que celui de passer du bon temps en toutes circonstances.

De plus, l'enfance est aussi une période d'épanouissement et de construction de sa personnalité, riche en émotions, en réflexions et en rencontres, dont on garde par la suite un souvenir souvent ému et centré sur les épisodes heureux. À cet égard, la bande dessinée autobiographique de Riad Sattouf, *L'Arabe du futur*, raconte son enfance partagée entre la Syrie et la Bretagne, parsemée de souvenirs émouvants, mais qui ne montrent jamais de souffrance de la part de l'enfant, même lorsqu'il est confronté à des situations parfois dramatiques.

- Chaque alinéa correspond à un **paragraphe argumentatif**.
- Chaque argument doit être illustré par un exemple.

Cependant, cette vision idyllique de l'enfance comme d'un « vert paradis » doit être nuancée en fonction des époques, des situations et des pays. Il est par exemple certain que l'adage « l'enfance est le plus bel âge de la vie » ne pourrait pas trouver d'écho pour les nombreux enfants qui vivent dans des pays en guerre comme nous le montre quotidiennement l'actualité.

« Cependant » est un adverbe qui montre une **transition** : on passe ici à la deuxième partie du plan.

De même, certaines situations plongent les enfants dans une réalité très dure qui les éloigne de l'insouciance associée habituellement à leur âge. Par exemple, le livre *Oscar et la Dame rose* d'Éric-Emmanuel Schmitt, montre la relation qui se noue entre une vieille infirmière et les enfants malades qu'elle accompagne dans leurs derniers moments de vie.

Enfin, l'enfance est aussi une période d'incertitudes et de doutes qui peut être particulièrement angoissante pour certaines personnes. La pression exercée pour savoir ce que l'on fera plus tard, quelle sera notre situation, si nous aurons les mêmes problèmes que nos parents… toutes ces questions « brisent » parfois les rêves et la tranquillité des enfants, comme on peut le voir dans le roman *Autobiographie d'une courgette* de Gilles Paris, qui a été adapté en téléfilm sous le titre très parlant de *C'est mieux la vie quand on est grand*.

Pour conclure, on peut comprendre que des adultes portent un regard nostalgique sur l'enfance, mais il semble faux dans bien des circonstances d'affirmer que c'est le plus bel âge de la vie. D'autant que cette perspective serait bien pessimiste !

On annonce le début de la conclusion grâce au connecteur « pour conclure ».

JE FAIS LE POINT

	J'ai bien compris et j'ai réussi	Il manque des connaissances → Je revois le cours	Je n'ai pas compris la méthode → Je relis les conseils
Questions de grammaire → p. 38	❑	❑	❑
Questions de compréhension → p. 39	❑	❑	❑
Dictée → p. 40	❑	❑	❑
Rédaction			
– Sujet d'imagination → p. 41	❑	❑	❑
– Sujet de réflexion → p. 42	❑	❑	❑

SUJET 4

100 pts

3H

THÈME Agir dans la cité : individu et pouvoir

Travail sur les documents 50 pts 1H10

→ Corrigé p. 55

TEXTE **« La boue », Maurice Genevoix**

C'est très long, quand on ne voit même pas la fumée de sa pipe, quand l'homme qui est tout près n'est plus qu'une masse d'ombre indistincte, quand la tranchée pleine d'hommes s'enfonce dans la nuit, et se tait. Sous les planches les gouttes d'eau tombent, régulières. Elles tombent, à petits claquements vifs, dans la mare qu'elles ont creusée. Une… deux… trois… quatre… cinq… Je les compte jusqu'à mille. Est-ce qu'elles tombent toutes les secondes ?… Plus vite : deux gouttes d'eau par seconde, à peu près ; mille gouttes d'eau en dix minutes… On ne peut pas en compter davantage.

On peut, remuant à peine les lèvres, réciter des vers qu'on n'a pas oubliés. Victor Hugo ; et puis Baudelaire ; et puis Verlaine ; et puis Samain… C'est une étrange chose, sous deux planches dégouttelantes, au tapotement éternel de toutes ces gouttes qui tombent… Où ai-je lu ceci ? Un homme couché, le front sous des gouttes d'eau qui tombent, des gouttes régulières qui tombent à la même place du front, le taraudent[1] et l'ébranlent, et toujours tombent, une à une, jusqu'à la folie… Une… deux… trois… quatre… Il n'y a pourtant, sur les planches, qu'une mince couche de boue. Depuis des heures il ne pleut plus. D'où viennent toutes les gouttes qui tombent devant moi, et mêlées à la boue enveloppent ainsi mes jambes, montent vers mes genoux et me glacent jusqu'au ventre ?

Le bois était triste aussi,
Et du feuillage obscurci,
Goutte à goutte,
La tristesse de la nuit
Dans nos cœurs noyés d'ennui
Tombait toute…

Les gouttes tombent au rythme de ce qui fut la *Chanson violette*, je ne sais quelle burlesque antienne[2] qui s'est mise à danser sous mon crâne… Une… deux… trois… quatre…

La planche était triste aussi
Et de son bois obscurci,
Goutte à goutte…

Je vais m'en aller. Il faut que je me lève, que je marche, que je parle à quelqu'un…

Maurice Genevoix, « La Boue », *Ceux de 14*, © Éditions G. Durassié & Cie, 1916.

1. *Tarauder* : tourmenter, préoccuper.
2. *Antienne* : refrain.

Par étapes

ÉTAPE 1 Lire et comprendre le texte

- **Surlignez** dans le texte et le paratexte **les indices** qui précisent les circonstances du récit (où, quand, dans quelles conditions ?). Exemples : « la tranchée », « la nuit », « la boue », etc.
- **Repérez les temps des verbes** (vous pouvez les surligner dans le texte).

IMAGE ***C'était la guerre des tranchées*, Tardi, 1993.**

Par étapes

ÉTAPE 2 Comprendre l'image

- **Relevez la nature du document** : BD ? Tableau ? Photographie ?
- **Soulignez les informations** données par la légende et le récitatif (cadre de texte dans l'image). Exemples : « tranchées », « boue », « la pipe »…
- **Observez plan par plan les détails de l'image** : les pinces au premier plan, la pipe du guetteur et les barbelés en arrière-plan.

ÉTAPE 3 Mettre en relation les documents

- Entourez les détails de l'image que l'on retrouve dans le texte (boue, tranchée, etc.).

Grammaire

Les réponses aux questions doivent être entièrement rédigées.

1 « Dégouttelantes » (l. 14) : comment ce mot est-il construit ? Quel sens lui donnez-vous ? 5 pts

2 Quel est le temps verbal dominant dans le texte ? Quel est l'intérêt de son emploi dans ce récit ? 5 pts

3 D'où viennent toutes les gouttes qui tombent devant moi, et mêlées à la boue enveloppent ainsi mes jambes, montent vers mes genoux et me glacent jusqu'au ventre ?

› **Réécrivez ce passage en commençant par « Il se demandait d'où venaient… » et en faisant toutes les transformations nécessaires.** 10 pts

Compréhension

Les réponses aux questions doivent être entièrement rédigées.

1 Présentez précisément la situation du narrateur. 4 pts

Les conseils du prof !

- Mobilisez vos connaissances sur la formation des mots : préfixe/radical/suffixe.
- **Attention pour le sens** : ce mot n'existe pas mais à quoi vous fait-il penser ?

- « Dominant » : vérifiez plusieurs verbes à différents endroits du texte.
- Pensez à citer un ou deux exemples dans votre réponse.
- Demandez-vous quel est l'intérêt de ce temps par rapport aux temps habituels du récit.

Par étapes

ÉTAPE 1 Comprendre la consigne

- La première personne (je, me, moi…) va être remplacée par la troisième personne (il, se…).
- Le présent va être remplacé par l'imparfait.
- On passe d'une question au style direct à une interrogation au style indirect : la ponctuation finale va être modifiée.

ÉTAPE 2 Souligner les transformations

- Cela vous oblige à vous relire précisément pour éviter les erreurs de copie.

Il faut citer les éléments du texte :
– qui montrent qui est le narrateur ;
– dans quelles conditions il se trouve (*où* et *quand* ?).

2 Qu'est-ce qui attire l'attention du narrateur ? Pour quelles raisons ? 4 pts

Les conseils du prof !

Attention au « s » à « quelles raisons ».

3 Comment le texte crée-t-il un effet d'obsession ? Justifiez votre réponse en vous appuyant sur l'ensemble du texte. 4 pts

- Repérez les répétitions, y compris dans les sons.
- « L'ensemble du texte » : cherchez dans tout le texte, ne vous contentez pas d'un seul passage.

4 Quelles sont les actions tentées par le narrateur pour s'opposer à cette obsession ? (l. 5 à 15) 4 pts

Trouvez deux actions : « D'abord il… » ; « Puis il… » en n'oubliant pas de citer le texte.

5 Comment ressentez-vous l'écoulement du temps dans ce texte ? Quels indices confirment cette impression ? 4 pts

Recherchez les indices temporels : mots ou expressions en rapport avec le temps (le temps qui passe et non le temps qu'il fait).

6 Comment pourrait-on adapter cette scène au cinéma ? Vous décrirez et expliquerez vos choix en tant que réalisateur ou réalisatrice du film : mouvements de caméra, cadrages, lumière, son… 6 pts

....

....

....

Les conseils du prof !

- On vous donne des propositions de réponses (cadrages, son…), vous devez en développer au moins deux.
- Pensez à mobiliser vos connaissances en analyse de l'image (histoire des arts).

7 Quels éléments du texte retrouvez-vous sur l'image ? Quelle atmosphère s'en dégage ? 4 pts

....

....

....

....

....

- Appuyez-vous sur le texte pour qualifier l'atmosphère (l'impression générale) qui se dégage de l'image.
- Reprenez les éléments que vous avez entourés sur l'image (étape 3, page 79).

Dictée

10 pts · 20 min → Corrigé p. 56

Dictée

› Écoutez la dictée sur le site abcbrevet.com.
Mot donné : *effleure.*

Titre : ....

....

....

....

....

....

....

....

- Écrivez les mots que vous ne connaissez pas de la manière la plus simple possible.
- Portez votre attention sur les points suivants :
  – on/ont/on n' ;
  – la conjugaison du présent ;
  – c'est/s'est/ses/ces.

Rédaction

40 pts 1H30 Imprimez votre copie pour rédiger

› Vous traiterez au choix l'un des sujets suivants :

Sujet d'imagination → Corrigé p. 56

« Il faut que je me lève, que je marche, que je parle à quelqu'un… »
Vous imaginerez la suite du récit, en montrant comment l'intervention d'un autre personnage permet au narrateur de sortir de sa situation. Votre texte devra mêler narration, description et dialogue.

Par étapes

ÉTAPE 1 Repérer les mots-clés

- ***Suite du récit :*** revoir la fiche de synthèse n° 4 (p. 142).
- ***Autre personnage :*** l'identité du personnage doit être en cohérence avec le contexte (soldat).
- ***Sortir de sa situation :*** la situation d'obsession du narrateur va devoir évoluer.

ÉTAPE 2 Comprendre le sujet

- ***Narration :*** il faut respecter la situation d'énonciation du récit de départ (première personne, présent) et raconter une histoire.
- ***Description :*** le contexte de départ doit être développé (tranchée, boue, nuit…) et le personnage rencontré peut faire l'objet d'une courte description.
- ***Dialogue :*** attention à la présentation du dialogue (guillemets, tirets, verbes introducteurs…). Le dialogue permet aux personnages d'exprimer leurs sentiments et leurs sensations.

ÉTAPE 3 Rédiger un plan au brouillon

- Commencez votre texte avec la phrase citée.
- Décrivez ce que voit le narrateur en se déplaçant.
- Imaginez les circonstances de la rencontre.
- Développez le dialogue.
- Imaginez une fin cohérente à votre texte.

› Mon brouillon

Les conseils du prof !

Préparez au brouillon un champ lexical de la guerre, pensez notamment au lexique appris en histoire : le front, les marmites (les obus), un bleu (jeune soldat), le jus (le café), les grolles (les chaussures)…

Variez les verbes introducteurs dans le dialogue : « chuchoter, murmurer, balbutier, expliquer, s'exclamer, hurler, interroger, répliquer, rétorquer, objecter, insister…

Dans le dialogue, évitez les banalités qui alourdissent le texte et ne font pas avancer l'action : « Bonjour Paul, ça va ? – Oui, ça va, et toi ? – Oui. »

Attention le narrateur ne peut pas mourir car c'est lui qui raconte !

Sujet de réflexion → Corrigé p. 57

Maurice Genevoix a cherché dans la poésie une source de réconfort. En vous appuyant sur votre connaissance des œuvres étudiées en classe, sur votre expérience personnelle ou sur vos émotions, vous expliquerez à votre tour, dans un développement organisé, ce que les œuvres d'art peuvent vous apporter. Vous pourrez emprunter vos exemples aux formes artistiques de votre choix (littérature, musique, chanson, cinéma, peinture…).

Par étapes

ÉTAPE 1 Repérer les mots-clés

- ***Les œuvres d'art :*** le thème est en rapport avec le texte de départ, mais de façon plus large : il ne faut pas se limiter à la poésie.
- ***Votre connaissance ; votre expérience personnelle ; vos émotions :*** on vous demande une réponse personnelle, dans laquelle vous devrez livrer vos ressentis sur des œuvres d'art.

ÉTAPE 2 Comprendre le sujet

- ***Ce que les œuvres d'art peuvent vous apporter :*** on attend un développement personnel organisé autour de deux ou trois arguments (l'évasion, les connaissances sur le monde actuel ou passé, l'espoir d'un monde meilleur, la connaissance de soi, le plaisir esthétique…)
- Les exemples devront être précis, développés et variés (issus de domaines artistiques différents)

ÉTAPE 3 Rédiger un plan au brouillon

- **Un paragraphe d'introduction en trois parties :**
  – **reformulez la phrase de départ** pour introduire le thème de votre devoir : la poésie peut être une source de réconfort ;
  – **reprenez le sujet** pour élargir la réflexion : « On cherchera ce que les œuvres d'art peuvent nous apporter… » ;
  – **annoncez votre plan** : « Nous étudierons trois apports principaux de l'art… »
- Essayez de trouver **trois paragraphes** pour que votre devoir puisse répondre pleinement au sujet.
- **Un paragraphe de conclusion en deux parties** : un bilan et une ouverture.

› Mon brouillon

Introduction : ……………………………………………

Arguments	Exemples
• Les œuvres d'art sont une source de rêve et d'évasion	> Tolkien, *Bilbo le Hobbit*
• …………………… ……………………	> …………………… ……………………
• …………………… …………………… ……………………	> …………………… …………………… ……………………

Conclusion : ……………………………………………

Les conseils du prof !

- **Faites deux colonnes** : arguments/exemples.
- Chaque argument doit être illustré par un exemple précis.

Ne faites pas un « catalogue » d'exemples, le bon équilibre pour un paragraphe argumentatif, c'est un argument + un exemple.

Grammaire → p. 50

Je comprends les corrigés

1 Ce mot est construit avec le préfixe : « dé- », le radical « goutte » et le suffixe « -lantes ». Il signifie dégoulinantes, suintantes… et fait penser au mot « dégoûtant » pour montrer le dégoût de la pluie éprouvé par le narrateur.

> Rappel : le **pré**fixe **pré**cède le radical, le **su**ffixe le **su**it.

2 Le temps verbal dominant est le présent de l'indicatif « je compte ; elles tombent… ». Il permet de rendre le récit plus vivant : on a l'impression de vivre les actions avec le personnage.

> C'est un présent d'actualité. Il faut expliquer ce que cela apporte au texte : il rend le récit plus vivant par rapport à un récit au passé (passé simple et imparfait).

3 « Il se demandait d'où venaient toutes les gouttes qui tombaient devant lui, et mêlées à la boue enveloppaient ainsi ses jambes, ses genoux et le glaçaient jusqu'au ventre.

> • La 1re personne est remplacée par la 3e. Le présent est remplacé par l'imparfait.
> • Le point final fait partie des modifications attendues (transformation de l'interrogative directe en interrogative indirecte.

Compréhension → p. 50

1 Le narrateur est un soldat dans une tranchée (« quand la tranchée pleine d'hommes », l. 3). La scène se déroule le soir (« s'enfonce dans la nuit », l. 4), sur une longue durée. C'est un moment d'attente et d'ennui, sans combat (« c'est très long », l. 1) et il est dans une position inconfortable, sous la pluie, dans la boue et le froid : « les gouttes[…] mêlées à la boue enveloppent mes jambes » (l. 23-24).

> La réponse doit préciser qui est le narrateur, dans quel lieu, à quel moment se déroule l'action et dans quelle situation il se trouve.

2 L'attention du narrateur se porte sur les gouttes d'eau qui tombent régulièrement (« des gouttes […] régulières » l. 5). Cet élément s'impose à lui par le bruit (« claquements vifs », l. 6), par la répétition (« une… deux… trois… », l. 6-7) et par la fréquence « deux gouttes d'eau par seconde » (l. 9).

> Il faut identifier l'élément qui attire l'attention et donner au moins deux raisons.

3 L'obsession se traduit par la répétition du nom « gouttes » et le décompte qui forme une gradation : « une »… « deux gouttes »… « mille » (l. 7). L'allitération en « t » (l. 15) reprend le rythme de la pluie. Les questions sans réponses (l. 23-25) montrent l'emprise exercée par les gouttes sur l'esprit du narrateur, de même que les références poétiques qui développent ce thème.

> • On attend deux éléments pris sur l'ensemble du texte (la répétition et les questions par exemple).
> • Le repérage de l'allitération n'est pas indispensable, mais le correcteur valorisera les élèves qui auront su la voir.

4 Pour s'opposer à son obsession, le narrateur commence par compter les gouttes (l. 7). Puis il cherche refuge dans ses souvenirs de poésie « réciter les vers qu'on n'a pas oubliés ». Les deux tentatives sont des échecs.

> Chaque action doit être justifiée par une référence au texte pour avoir l'intégralité des points.

Je comprends les corrigés

5 Le temps s'écoule lentement, on a une impression d'ennui, de langueur. Les indices qui confirment cette impression sont : « c'est très long » (l. 1), « depuis des heures » (l. 21), « éternel » (l. 14) ainsi que le décompte des gouttes.

Ici, on attend une réponse classique en deux parties : l'impression et la justification avec au moins une citation.

6 On pourrait adapter cette scène au cinéma grâce aux éléments suivants :

– un cadrage en plongée pour montrer la solitude du personnage dans sa tranchée, écrasé par la pluie ;

– des gros plans sur les gouttes qui tombent ;

– un éclairage presque absent : la scène se passe la nuit, le personnage est isolé ;

– le son des gouttes qui tombent et la récitation des poèmes en voix *off*.

- On attend seulement deux éléments clairement exprimés.
- La maîtrise du lexique technique (plongée, voix *off*…) n'est pas exigée mais elle peut être valorisée par le correcteur.

7 On retrouve le soldat emmitouflé dans sa pèlerine, fumant sa pipe, guettant l'extérieur de la tranchée dans le froid, les planches de l'abri. Il y a, comme dans le texte, une atmosphère d'attente, de froid et d'ennui, on sent que c'est le calme avant la bataille.

Votre réponse doit montrer que vous avez bien établi des liens entre le texte et l'image : dans la description précise et dans l'impression générale.

Dictée → p. 52

Mais il est six heures du soir. La nuit vous entre dans les yeux. On n'a plus que ses mains nues, que toute sa peau offerte à la boue. Elle vous effleure les doigts, légèrement et s'évade. Elle effleure les marches rocheuses, les marches solides qui portent bien les pas. Elle revient, plus hardie, et claque sur les paumes tendues. Elle baigne les marches […], les engloutit : brusquement, on la sent qui se roule autour des chevilles… Son étreinte d'abord n'est que lourdeur inerte. On lutte contre elle, et on lui échappe. C'est pénible, cela essouffle ; mais on lui arrache ses jambes, pas à pas…

Maurice Genevoix, « La Boue », *Ceux de 14*, © Éditions G. Durassié & Cie, 1916.

Pour bien accorder le verbe, repérez le sujet en posant la question : « Qui est-ce qui ? + verbe » (Qui est-ce qui entre ? –> la nuit).

- On : pronom personnel, vous pouvez remplacer par « il/elle ». Ne pas confondre avec : ont, 3ᵉ pers. pl. d'avoir au présent.
- On n' : pr. personnel + négation.
- C'est : contraction de « cela est ».

Sujet d'imagination → p. 53

Il faut que je me lève, que je marche, que je parle à quelqu'un. Ces gouttes, cette obscurité, cette boue sont en train de me rendre fou ! Un à un je décolle mes pieds, une force irrésistible semble les retenir, comme si des mains invisibles s'accrochaient à mes mollets. Je fais quelques pas, hagard, guidé par une vapeur que je ne parviens pas encore à identifier. « La tristesse de la nuit », j'accélère le pas de peur que le poème me rattrape.

Je remonte la tranchée, mes grolles sont pesantes, mais l'odeur qui me guide devient plus familière : c'est celle du jus qui réchauffe dans une popote ! Je reprends espoir : un café, quelqu'un avec qui le partager ! Au détour d'un boyau à la lueur d'un petit brasero, j'aperçois un jeune soldat, un bleu, il ne doit pas avoir 20 ans, ses mains sont presque collées à sa gamelle pour trouver un peu de chaleur.

« Eh l'ami, tu partages ton jus ? » Le bleu sursaute et se redresse d'un bond, le fusil pointé vers moi.

Il s'agit d'une suite de texte : vous devez commencer par la dernière phrase du texte pour faire le lien.

Les éléments du texte initial sont repris et utilisés dans la description.

Il faut intégrer un déplacement et un nouveau personnage.

« Qui va là ? Demande-t-il d'une voix apeurée.

– Baisse ton arme, on est du même camp ! La fumée de ton café est passée à travers les gouttes pour venir me chercher, tu ne vas quand même pas me faire tâter de ta baïonnette pour un café chaud !

– Excuse-moi, réplique-t-il, avec cette pluie on ne sait plus qui est qui ! Je m'appelle Eugène, sers-toi.

– Merci, moi c'est Maurice, du 52e. T'as raison, on devient fou ici, à force de ne voir que des ombres. »

Le café et cette présence humaine me réchauffent, je crois que la pluie s'est arrêtée pour de bon. Quelques lueurs commencent à apparaître à l'horizon : le jour se décide enfin à se lever. Je sors ma blague à tabac pour en offrir au bleu. Il bourre sa pipe et l'allume. Un éclair. Une marmite vient de tomber devant la tranchée : je suis couvert de boue, un long sifflement retentit dans mes oreilles, je tourne la tête, celle d'Eugène est presque décollée, il a une expression de surprise dans les yeux.

Le sifflement s'apaise et c'est une pluie de bombes qui prend le relais : une... deux... trois...

Présentation d'un dialogue :
- après la dernière phrase du récit il faut aller à la ligne, ouvrir des guillemets.
- à chaque fois que quelqu'un intervient dans le dialogue, aller à la ligne, et mettre un tiret.
- Les guillemets ne seront fermés qu'à la fin du dialogue.

Le lexique de la Première Guerre mondiale donne plus de réalisme au texte et montre que vous faites le lien avec votre cours d'Histoire.

Sujet de réflexion → p. 54

La poésie a été pour Maurice Genevoix une source de réconfort. De façon plus générale, on peut s'interroger sur ce que les œuvres d'art, quelles qu'elles soient, nous apportent. Nous étudierons trois des principaux apports de l'art à la construction des individus.

L'introduction est composée de trois parties :
– la phrase d'appel, qui peut être reprise du texte, pour introduire le thème ;
– la question posée par le sujet ;
– l'annonce du plan.

Les œuvres d'art sont avant tout une source d'évasion, de rêve, d'oubli du quotidien. Face à une actualité souvent violente et sombre elles peuvent nous offrir également un éclairage sur l'histoire ou le présent ou encore une ouverture vers un ailleurs idéal dans lequel on se projette.

Les connecteurs logiques permettent de structurer le devoir.

C'est le cas notamment des films de *fantasy* comme *Le Hobbit*, de P. Jackson, adapté du roman de J.R.R. Tolkien. Dès que l'on est plongé dans l'obscurité de la salle de cinéma, on suit les aventures de Bilbo, de Gandalf et des nains dans leur voyage vers la Montagne solitaire. Même si les dangers sont omniprésents, l'univers créé par les décors et les personnages permet de s'évader du monde réel, en cheminant presque aux côtés du héros.

De plus, les œuvres d'art nous apportent des connaissances sur le passé qui s'inscriront durablement dans notre mémoire parce qu'elles nous ont particulièrement touchés. Ainsi, l'étude des tableaux de Otto Dix sur la Première Guerre mondiale nous permet d'en ressentir toute l'horreur. *Les Joueurs de skat*, par exemple, met en scène trois gueules cassées et révèle les mutilations dont sont victimes les soldats.

Variez les exemples : ici, ils sont empruntés au cinéma, à la littérature, à la peinture expressionniste et au *street art*.

Enfin, le plus important selon moi, est la remise en question à laquelle nous invitent de nombreuses œuvres d'art. Par leur caractère engagé, elles nous font réagir et influencent notre vision du monde. Le *street art*, en s'adressant à un large public, sait faire passer efficacement des messages importants. Par exemple, les graffitis de Banksy sur le mur de Gaza qui

Le sujet vous invite à prendre position personnellement, n'hésitez pas à employer la première personne, surtout vers la fin du devoir, c'est ici que doit s'exprimer votre avis.

sépare Israéliens et Palestiniens montre des enfants qui jouent et ouvrent des brèches dans le mur un message d'espoir et de lutte contre les murs que l'on construit pour séparer les peuples.

En définitive, les apports de l'art sont donc multiples et varient pour chacun selon les moments de la vie. Au-delà du plaisir esthétique qu'elles nous apportent, elles sont indispensables pour véhiculer des connaissances et surtout des émotions.

On annonce le début de la conclusion grâce à un connecteur.

JE FAIS LE POINT

	J'ai bien compris et j'ai réussi	Il manque des connaissances → Je revois le cours	Je n'ai pas compris la méthode → Je relis les conseils
Questions de grammaire → p. 50	❏	❏	❏
Questions de compréhension → p. 50	❏	❏	❏
Dictée → p. 52	❏	❏	❏
Rédaction			
– Sujet d'imagination → p. 53	❏	❏	❏
– Sujet de réflexion → p. 54	❏	❏	❏

SUJET 5

100 pts

3H

THÈME Progrès et rêves scientifiques

Travail sur les documents

50 pts 1H30 → Corrigé p. 68

TEXTE ***La Grande Décharge*, Rita Kraus**

Une fois de plus, les prophètes avaient parlé dans le désert. Les cris d'alarme poussés dans les années 70 n'avaient pas été entendus et si, en ce dernier quart du XXe siècle, on marchait régulièrement sur la Lune, la Terre dans son entier avait fini par ressembler à un dépôt d'immondices que les peuples suffoqués avaient amèrement baptisé « la Grande Décharge ».

Aucun continent n'avait été épargné et telle région de France qui passait naguère pour riante et fertile avait vu, en l'espace de quelques années, ses rivières se tarir et son agriculture étouffer sous l'amas des détritus. Dans les villes, c'était pis encore. L'amoncellement des déchets avait rendu l'air irrespirable et, par millions, les citadins avaient été contraints de s'égailler[1] dans ce qui avait été jadis la campagne.

Mais, lorsqu'ils étaient parvenus, au prix d'efforts considérables, à rejoindre quelque trou et à s'y fixer, il ne leur était plus possible d'en sortir en raison des carcasses de véhicules abandonnés qui obstruaient routes et sentiers. Ainsi, entourés d'une muraille de résidus dont l'épaisseur décourageait toute tentative de percée, survivaient-ils en assiégés. Pour ravitailler ces bouches affamées, les pouvoirs centraux réussissaient parfois à leur parachuter des caisses d'eau minérale et des boîtes de conserve, dont les emballages venaient encore renforcer l'étau qui se refermait sur eux.

Que n'avait-on pas essayé pour se débarrasser de ces ordures ? On en avait enterré, mais il y avait longtemps que les galeries de mines et même les puits avaient été comblés ; on en avait brûlé, mais les cendres, en se dispersant, avaient obscurci le ciel ; on en avait déchiqueté par divers procédés mécaniques, mais une fois cette opération accomplie, on ne savait vraiment pas quoi faire des morceaux…

Aussi, à l'aube des années 80, le monde avait-il été réduit par étapes successives à une multitude de petites communautés, isolées les unes des autres et dépourvues de tout moyen de communication direct. Dans certains îlots, l'équilibre entre les sexes avait été rompu par les accidents ou les maladies et c'était la perpétuation même de l'espèce qui était remise en jeu. Ici, des jeunes gens étaient condamnés

1. *S'égailler :* se disperser.

Par étapes

ÉTAPE 1 Lire et comprendre le texte

- Repérez dans le texte : les indices de temps et de lieu (les repères spatio-temporels) : « à l'aube des années 80 », « îlots », etc.
- Repérez le nom des personnages : « Romain », etc.
- Repérez les informations données par le paratexte (date, auteur, titre, collection).

ÉTAPE 2 Comprendre les intentions de l'auteur

- Repérez le thème du texte : de quoi parle-t-il ?
- Quelle est l'opinion de l'auteur par rapport à ce thème ?

à vieillir dans le célibat alors qu'ailleurs des filles risquaient de coiffer sainte Catherine[2] jusque sur le lit de mort. Et nul ne pouvait empêcher les uns de rêver aux autres, et *vice versa*.

Se payant d'audace, Romain – qui habitait le village de T… –, s'était lancé à l'assaut de la muraille dans l'espoir d'atteindre au moins le village de C…, distant de deux kilomètres à vol d'oiseau. Bientôt, incapable d'avancer, il avait dû se résoudre à rebrousser chemin non sans avoir eu le temps d'apercevoir, dans les lointains, la silhouette de Sabine qui le hélait[3]. À défaut de message plus concret, ils avaient, en hurlant, échangé leurs prénoms. […]

Creuser une brèche, dégager un couloir entre les deux patelins devint l'idée fixe de Romain. Autour de lui, les sages et les sceptiques se contentèrent de hausser les épaules. À quoi bon, puisqu'on avait déjà tenté l'impossible, se livrer à de vains travaux et s'épuiser en efforts inutiles ?

En dépit ou en raison de l'apathie[4] de ses voisins, Romain refusa de s'avouer vaincu et décida d'aborder le problème sous l'angle scientifique. Dans le cours de la dernière décennie, les frontières de la connaissance avaient reculé à l'infini et, à l'échelle du globe, par contre, ils s'étaient révélés inopérants pour lutter contre la dégradation de l'environnement.

Rita Kraus, *La Grande Décharge* , Collection *Tribal*, © Flammarion, 2007.

---

2. *Coiffer sainte Catherine :* être encore célibataire à 25 ans.
3. *Héler :* appeler.
4. *Apathie :* passivité.

Grammaire

Les réponses aux questions doivent être entièrement rédigées.

Les conseils du prof !

1 Relevez, dans les trois premiers paragraphes, trois synonymes du nom « détritus ». 3 pts

On vous demande de chercher trois mots dans les trois premiers paragraphes, il y en a donc sûrement un par paragraphe.

2 « Irrespirable » (l. 13), quels sont les trois éléments qui forment ce mot ? Indiquez précisément le sens de chacun. 3 pts

Isolez bien le préfixe et le suffixe de ce mot pour en préciser le sens : souvent le préfixe et le suffixe modifient le sens du radical (contraire, quantité, capacité, dépréciation...).

3 a. Quels sont les deux temps dominants dans l'ensemble du texte ? 2 pts

- Il s'agit d'un temps simple et du temps composé qui lui correspond (auxiliaire au temps simple + participe passé).
- Pensez à citer le texte pour appuyer votre réponse.

b. Quel nouveau temps apparaît dans les deux derniers paragraphes, pourquoi ? 3 pts

Vous devez identifier le temps et indiquer sa valeur : ici il s'agit d'un temps qui n'a qu'une seule valeur d'emploi.

4 Qui prononce la question : « À quoi bon, puisqu'on avait déjà tenté l'impossible, se livrer à de vains travaux et s'épuiser en efforts inutiles ? » (l. 54) Comment nomme-t-on cette manière de rapporter les paroles ? 4 pts

5 Mais, lorsqu'ils étaient parvenus, au prix d'efforts considérables, à rejoindre quelque trou et à s'y fixer, il ne leur était plus possible d'en sortir en raison des carcasses de véhicules abandonnés qui obstruaient routes et sentiers. Ainsi, entourés d'une muraille de résidus dont l'épaisseur décourageait toute tentative de percée, survivaient-ils en assiégés.

› **Réécrivez ce passage en remplaçant « ils » par « elles » et en mettant les verbes au futur.** 10 pts

Les conseils du prof !

- Revoyez le cours sur les paroles rapportées.
- Il existe trois manières de rapporter des paroles dans un récit : le discours direct, le discours indirect et le discours indirect libre.

Par étapes

ÉTAPE 1 Comprendre la consigne

- Le plus-que-parfait va être remplacé par le futur antérieur (auxiliaire au futur + participe passé) et l'imparfait va être remplacé par le futur simple.
- Attention aux accords des participes passés au féminin (trois accords).

ÉTAPE 2 Souligner les transformations

- Cela vous oblige à vous relire précisément.

Compréhension

Les réponses aux questions doivent être entièrement rédigées.

1 Quelles sont les tentatives successives des humains pour supprimer la pollution ? 6 pts

Les conseils du prof !

- *Successives* signifie « qui se suivent ».
- **Attention** : cette question est sur 6 points, relisez bien le texte pour noter plusieurs éléments de réponse que vous présenterez dans l'ordre.

2 Quel nouveau risque apparaît dans le 5e paragraphe ? Justifiez votre réponse. 4 pts

- Relisez bien l'intégralité du 5e paragraphe.
- Ne vous répétez pas sur la pollution : on cherche un « nouveau » risque.

3 « Et nul ne pouvait empêcher les uns de rêver aux autres, et *vice versa*. » (l. 41-42) Quel espoir implicite apporte cette phrase pour la suite du texte ? 4 pts

- *Implicite* signifie « sous-entendu », contrairement à *explicite* qui signifie « clairement exprimé ».
- Il faut donc « lire entre les lignes » pour faire une hypothèse de sens sur la suite du texte.

4 Qu'apprend-on sur le caractère de Romain ? Relevez au moins deux expressions pour justifier votre réponse. 5 pts

Les conseils du prof !

Il y a peu d'informations sur le personnage (pas de description physique par exemple), soyez donc bien attentifs aux éléments qui nous donnent des indications sur son caractère à partir du moment où il apparaît dans le texte et jusqu'à la fin.

5 Montrez, en vous appuyant sur l'ensemble du texte, que tous les efforts des humains se retournent contre eux. 6 pts

Cette question vous demande de rédiger une courte synthèse de ce que vous avez compris du texte : aidez-vous de vos réponses aux questions précédentes, notamment à la question 3.

Dictée

10 pts — 20 min → Corrigé p. 69

› Écoutez la dictée sur le site abcbrevet.com.

Titre :

- Écrivez les mots que vous ne connaissez pas de la manière la plus simple possible.
- Portez votre attention sur les points suivants :
  – tout/tous/toute/toutes ;
  – ça/sa.

Rédaction 40 pts 1H30 Imprimez votre copie pour rédiger

› Vous traiterez au choix l'un des sujets suivants :

Sujet d'imagination → Corrigé p. 70

Romain a trouvé un moyen pour envoyer une lettre à Sabine. Rédigez cette lettre dans laquelle il exprime ses sentiments et ses rêves, et propose une solution pour qu'ils puissent se rejoindre.

Par étapes

ÉTAPE 1 Repérer les mots-clés

- ***Sentiments :*** comme on l'a vu dans le texte, les personnes séparées par le mur de déchets ont le désir de se rencontrer.
- ***Rêves :*** le personnage doit se projeter, exprimer non seulement ce qu'il ressent mais aussi ce qu'il voudrait.
- ***Solution :*** Romain doit imaginer une solution pour rejoindre Sabine, à vous d'être inventifs.

ÉTAPE 2 Comprendre le sujet

- ***Rédigez cette lettre :*** le sujet invite à écrire une lettre personnelle, c'est un genre qui suit des règles précises de mise en page qu'il faut respecter.

ÉTAPE 3 Rédiger un plan au brouillon

- **Indiquez** en haut à droite de votre copie le lieu et la date (« La Grande Décharge, mars 1980 »).
- **Commencez** votre lettre par une formule d'appel (« Chère Sabine... »).
- **Rédigez** votre lettre en l'organisant en paragraphes (1 paragraphe = 1 idée principale).
- **Terminez** avec une formule de clôture (« Dans l'espoir de te voir bientôt... »).
- **Signez** (Romain).

› **Mon brouillon**

Les conseils du prof !

Romain ne connaît pas encore vraiment Sabine, alors ne soyez pas trop familier dans la formule d'appel (pas de « Mon amour... »).

Vous devez écrire à la place de Romain, pensez bien à écrire à la 1re personne du singulier (je) et à vous adresser à Sabine à la 2e personne du singulier (tu).

Pensez à varier les sentiments que ressent Romain : il peut y avoir de l'amour mais aussi de la colère, de la joie, de la peur...

Sujet de réflexion → Corrigé p. 71

Dans un devoir argumenté et illustré d'exemples précis, proposez des solutions pour « lutter contre la dégradation de l'environnement » (l. 61).

Par étapes

ÉTAPE 1 Repérer les mots-clés

- ***La dégradation de l'environnement :*** le thème est en rapport avec le texte de départ et avec l'actualité, vous pourrez y faire référence.

ÉTAPE 2 Comprendre le sujet

- ***Proposez des solutions :*** cette formulation vous donne le plan de votre devoir, il n'y aura qu'une seule partie, composée au moins de trois paragraphes qui apportent des solutions clairement exprimées illustrées d'exemples.
- ***Lutter contre :*** tous vos arguments doivent bien montrer un engagement contre la dégradation de l'environnement et non se contenter de décrire le phénomène.

ÉTAPE 3 Rédiger un plan au brouillon

- **Un paragraphe d'introduction en trois parties.**
- **Aidez-vous du tableau ci-dessous** pour faire une liste de vos arguments et de vos exemples et les classer.
- **Un paragraphe de conclusion** en deux parties : un bilan et une ouverture.
- **Vous ne devez pas rédiger au brouillon** : le plan est le « squelette » de votre devoir. S'il est complet, il ne sera pas difficile de l'habiller avec vos mots.

› Mon brouillon

Introduction : ....

....

N°	Arguments	Exemples
1	• Le tri des déchets	> Le « 7e continent » de plastiques
	•	> ....
	•	> ....

Conclusion : ....

....

....

....

Les conseils du prof !

Faites deux colonnes : une pour les arguments, une pour les exemples.

Numérotez vos arguments pour terminer par le plus pertinent, celui auquel vous croyez le plus.

Lors de la rédaction, écrivez des transitions entre vos paragraphes grâce à des indicateurs logiques « de plus, en outre, nous venons de montrer que... »

Grammaire → p. 62

Je comprends les corrigés

1 Les trois synonymes du mot « détritus » sont : « immondices » (l. 5), « déchets » (l. 12) » et « résidus » (l. 20).

> Les synonymes ont presque le même sens et appartiennent à la même classe grammaticale : ici, des noms.

2 Le mot « irrespirable » est formé du préfixe « ir- » qui signifie le contraire, du radical « respir- » du verbe « respirer », et du suffixe « -able » qui indique la capacité. L'adjectif signifie donc « que l'on ne peut plus respirer ».

> • De nombreux préfixes sont « privatifs » : ils indiquent le contraire du radical.
> • Les suffixes permettent de changer de catégorie grammaticale : ici le suffixe -able transforme le verbe « respirer » en adjectif.

3 **a.** Les deux temps dominants sont l'imparfait : « décourageait » (l. 20) et le plus-que-parfait : « ils étaient parvenus » (l. 16).

> • **L'imparfait** est un temps utilisé pour la description, l'habitude ou la durée indéterminée.
> • **Le plus-que-parfait** indique une action complètement achevée dans le passé.

b. Le nouveau temps qui apparaît dans les derniers paragraphes est le passé simple de l'indicatif : « refusa ; décida ». Il exprime des actions ponctuelles, ce qui montre la volonté de Romain d'agir sans attendre.

> • Le passé simple exprime des actions rapides et achevées à un moment précis du passé.
> • L'imparfait exprime des actions en cours de réalisation (ex. : « Il terminait ses devoirs quand le téléphone sonna. »).

4 Cette question est prononcée par « les sages et les sceptiques » qui sont résignés. Ce sont des paroles rapportées au style indirect libre, ce qui permet d'entrer dans les pensées des personnages sans interrompre le récit.

> **Le discours indirect libre** est un mélange des discours direct et indirect, les paroles sont intégrées au récit mais sans subordonnée et en gardant la ponctuation du discours direct.

5 Mais, lorsqu'elles seront parvenues, au prix d'efforts considérables, à rejoindre quelque trou et à s'y fixer, il ne leur sera plus possible d'en sortir en raison des carcasses de véhicules abandonnés qui obstrueront routes et sentiers. Ainsi, entourées d'une muraille de résidus dont l'épaisseur découragera toute tentative de percée, survivront-elles en assiégées.

> • Avec le passage au féminin, les participes passés s'accordent.
> • Observez le passage au futur.

> Attention, le « il » de la ligne 2 ne désigne personne : c'est un pronom impersonnel comme dans l'expression « il pleut », il ne faut donc pas le changer.

Compréhension

→ p. 64

1 Les humains ont d'abord commencé par alerter : « les cris d'alarme poussés » (l. 2), puis ils ont « enterré » les ordures dans des « galeries de mines » et des « puits » (l. 28). Ensuite ils en ont « brûlé » et « déchiqueté par divers procédés mécaniques » (l. 30).

- L'essentiel des solutions expérimentées se trouve dans le paragraphe 4.
- Utilisez des connecteurs de temps pour montrer la succession des actions.

2 Le nouveau risque est celui de voir l'espèce humaine disparaître : « c'était la perpétuation même de l'espèce qui était remise en jeu » (l. 38) car certains villages ne sont peuplés que par des hommes et d'autres uniquement par des femmes, et qu'ils n'ont aucun moyen de se rencontrer.

Identifiez d'abord le risque (extinction de l'espèce humaine) puis expliquez en donnant la cause (déséquilibre entre les sexes).

3 La phrase « Et nul ne pouvait empêcher les uns de rêver aux autres, et *vice versa* » sous-entend que les hommes et les femmes des différents villages vont tenter l'impossible pour pouvoir se rencontrer. On a l'espoir que l'amour devienne un moteur pour trouver des solutions contre la pollution.

La réponse doit insister sur l'aspect positif de cette phrase pour développer le mot « espoir ».

4 Romain semble être un garçon courageux : « se payant d'audace » (l. 43) et persévérant : « refusa de s'avouer vaincu » (l. 57) car il refuse de baisser les bras alors que ses semblables sont passifs.

- Les autres citations possibles sont « s'était lancé à l'assaut de la muraille » (l. 44), « l'idée fixe de Romain » (l. 52).
- Son caractère peut être qualifié par des synonymes : audacieux, déterminé, obstiné, acharné, résolu…

5 Tout le texte nous montre que la pollution est un cercle vicieux : ce que les humains entreprennent pour lutter contre elle ou pour survivre se retourne systématiquement contre eux.

Ainsi le ravitaillement nécessaire à la survie, est aussi une source de déchets supplémentaires : « les emballages venaient encore renforcer l'étau qui se refermait sur eux. » (l. 24-25) ; les essais de suppression des détritus en produisent d'autres : « on en avait déchiqueté par divers procédés mécaniques, mais une fois cette opération accomplie, on ne savait vraiment pas quoi faire des morceaux ». Même la tentative de les faire disparaître en les brûlant est un échec car elle prive les humains de la lumière du soleil (l. 30).

Vous devez mêler explication personnelle et citations du texte pour expliquer le « cercle vicieux » de la pollution.

Dictée

→ p. 65

Nous appartenons à toutes les disciplines scientifiques, à toutes les nations, à toutes les idéologies.[…] Mais je sais, et vous savez que tout ça est dépassé par notre curiosité. Vous et moi, nous voulons savoir. Nous voulons connaître l'Univers dans tous ses secrets, les plus grands et les plus petits. Et nous savons déjà au moins une chose, c'est que l'homme

Ça : pronom démonstratif, on peut le remplacer par *cela*.
Sa : déterminant possessif (= « la sienne »).

est merveilleux, et que les hommes sont pitoyables, et que chacun de notre côté, dans notre morceau de connaissance et dans notre nationalisme misérable, c'est pour les hommes que nous travaillons. Ce qu'il y a à connaître ici est fantastique. Et ce que nous pouvons en tirer pour le bien des hommes est inimaginable.

René Barjavel, *La Nuit des temps*, © Presses de la Cité, un département de Place des Éditeurs, 1968, 2011.

Je comprends les corrigés

Quand *tout* est un déterminant indéfini, il s'accorde en genre et en nombre avec le mot auquel il se rapporte. Regardez si le mot qui suit est au pluriel, au singulier, au masculin ou au féminin. (Ex. : « toutes *les disciplines*/tout ça/ tous ses secrets »).

Sujet d'imagination → p. 66

La Grande Décharge, mars 1980.

> Rappelez le lieu et la date.

Chère Sabine,

> Utilisez la formule d'appel classique pour une lettre.

Je ne connais de toi qu'une silhouette dressée sur un tas d'ordure et un prénom ! C'est bien peu mais c'est déjà tout un monde pour moi qui me sens enfermé, condamné à errer dans ce village de T… où tout le monde a baissé les bras. Depuis que je t'ai aperçue je sais qu'il y a ailleurs, à deux pas d'ici, des gens comme moi, des gens comme toi, qui n'hésitent pas à grimper sur les murs pour essayer d'observer le monde. C'est le premier espoir que j'ai depuis des mois, et je veux le partager avec toi. Je ne peux me résoudre à vivre ici, il y a forcément un ailleurs, loin de tous ces détritus, et je suis sûr que nous pourrions le trouver ensemble.

Demain, « Je partirai. Vois-tu, je sais que tu m'attends »… je ne sais pas qui a dit ça, je l'ai trouvé sur une vieille feuille de papier déchirée qui volait au milieu des sacs plastiques. Je pense avoir trouvé une solution « scientifique » qui devrait nous permettre de nous réunir : j'ai rassemblé de nombreuses batteries de voitures, et en les ouvrant j'ai constaté qu'elles contenaient un acide très puissant qui dissout à peu près toutes les matières non métalliques ! Je crois pouvoir ouvrir une brèche vers ton village, mais il faudrait que tu procèdes de la même manière de ton côté. Nous partirons en ligne droite en suivant la trajectoire qu'ont suivie nos yeux quand nous nous sommes vus ! On pourra se guider par nos voix pour ne pas dévier, et le courage fera le reste.

> Le corps de la lettre doit comporter des paragraphes marqués par un retour à la ligne et un alinéa.

J'espère que tu recevras bien cette lettre et que nos efforts ne seront pas vains cette fois-ci ! Dans l'espoir de te rencontrer bientôt, reçois mes plus chaleureuses pensées,

> Utilisez une formule de clôture.

Romain

> Ne signez pas avec votre nom mais avec le prénom du personnage.

Sujet de réflexion → p. 67

« La Terre dans son entier avait fini par ressembler à un dépôt d'immondices ». Rita Kraus lance une alerte sur les conséquences environnementales de notre mode de vie. La consommation, l'industrie, l'activité humaine sont autant de facteurs de pollution. Ce n'est pourtant pas une fatalité et nous présenterons ici des solutions pour lutter contre cette dégradation de l'environnement.

L'utilisation d'une phrase du texte en ouverture de votre devoir montre que vous l'avez bien compris.

Pour commencer, le tri de nos déchets devrait devenir une obligation quotidienne qui réduirait considérablement la pollution liée à notre consommation. Ces réflexes de tri qui peuvent sembler insignifiants sont loin de l'être car comme le dit le slogan : « Il n'y a pas de petits gestes quand on est 60 millions à les faire ! ». Ainsi on viendrait peut-être à bout du « 7e continent », ce continent de plastiques qui flottent au milieu des océans et que le scientifique Patrick Deixonne a dévoilé au public grâce à plusieurs missions scientifiques.

Ces connecteurs guident votre lecteur et montrent que vous avez organisé votre devoir.

La deuxième solution serait de n'utiliser dans nos industries ou nos déplacements, que des énergies renouvelables. L'état actuel de nos connaissances le permet largement. Ainsi, dans son roman *20 000 lieues sous les mers*, Jules Verne expliquait comment le Nautilus fonctionnait grâce à des batteries rechargées par le sel contenu dans l'eau de mer. Ce type de véhicule qui appartenait autrefois à la science-fiction pourrait, grâce aux avancées technologiques actuelles, devenir une réalité écologique.

Essayez d'intégrer au moins un exemple littéraire, même lorsque le sujet porte sur une thématique d'actualité et que l'on privilégie les exemples de la vie quotidienne.

Enfin, en tant que consommateurs, chacun d'entre nous a un rôle à jouer. En limitant notre consommation excessive, nous pouvons influencer les industriels et les forcer à proposer des objets réparables ou réutilisables plutôt que jetables. C'est ce que dénonçait déjà d'une certaine manière Jacques Tati en 1958 dans le film *Mon oncle* qui montrait une maison remplie de gadgets technologiques inutiles.

Ces solutions ne sont que des exemples modestes mais sont efficaces et faciles à mettre en œuvre à l'échelle individuelle. Pour lutter contre la dégradation de l'environnement, il faudrait aussi explorer les solutions contre les pollutions industrielles qui ont des conséquences sur notre santé.

L'ouverture de la conclusion reste dans le même thème mais élargit le problème.

JE FAIS LE POINT

	J'ai bien compris et j'ai réussi	Il manque des connaissances → Je revois le cours	Je n'ai pas compris la méthode → Je relis les conseils
Questions de grammaire → p. 62	❑	❑	❑
Questions de compréhension → p. 64	❑	❑	❑
Dictée → p. 65	❑	❑	❑
Rédaction – Sujet d'imagination → p. 66 – Sujet de réflexion → p. 67	 ❑ ❑	 ❑ ❑	 ❑ ❑

SUJET 6

100 pts

3H

THÈME Progrès et rêves scientifiques

Travail sur les documents

50 pts (1H10) → Corrigé p. 83

TEXTE ***Le Grand Secret*, René Barjavel**

En 1955, un nouveau virus, le JL3, est découvert par le savant indien Bahanba, qui expérimente ses propriétés…

Scientifiquement, Bahanba n'aurait de certitude absolue en ce qui concernait l'action du JL3 sur le vieillissement humain que lorsqu'il aurait dépassé de façon déraisonnable la durée habituelle de la vie. Il ne pouvait pas attendre cent ans pour prendre une décision. Cette décision était déjà formulée dans son esprit.

Hindouiste[1] et croyant, il pensait que la mort est nécessaire. Elle n'est qu'une porte entre deux vies. C'est seulement après avoir passé une infinité de portes que l'âme humaine se trouve nettoyée, purifiée, libérée, et peut alors rejoindre Dieu. Supprimer la mort, c'était fermer ces portes, condamner les âmes incarnées à rester à tout jamais prisonnières de la matière, des illusions et des douleurs. C'était le bagne pour l'éternité.

En dehors de toutes croyances, que se passerait-il si les propriétés du JL3 étaient divulguées ? Ou bien les gens au pouvoir, arguant[2] du danger de donner l'immortalité à tout le monde, restreindraient ou interdiraient l'emploi du vaccin, c'est-à-dire se le réserveraient. Alors s'instituerait une effrayante inégalité, celle de la vie et de la mort, qui susciterait les plus sanglantes révolutions.

Ou bien, au nom de l'égalité et de la justice, l'humanité entière serait vaccinée en quelques années et, la non-mortalité des adultes s'ajoutant à la non-mortalité infantile, la densité de la population deviendrait telle que la mort prendrait abominablement sa revanche par la famine, l'assassinat des vieillards et des enfants, l'empoisonnement général par les déchets, et l'asphyxie.

Bahanba était indien. Il connaissait de ses yeux et dans son cœur les effets de la surpopulation et du manque d'aliments. Il avait vu à Calcutta les camions ramasser chaque matin dans les rues les cadavres d'enfants morts de faim. Contre cette agonie-là, le JL3 ne pouvait rien. Il ne pouvait que la rendre universelle. Tous les stocks de bombes H[3] du monde

1. *Hindouiste* : pratiquant de la religion hindoue.
2. *Arguant* : prétextant.
3. *Bombe H* : bombe nucléaire.

Par étapes

ÉTAPE 1 Lire et comprendre le texte

- Soulignez dans le texte et le paratexte les caractéristiques des personnages.
- Soulignez d'une autre couleur le vocabulaire médical.
- Identifiez le genre du texte : autobiographie ? policier ? science-fiction ? poésie ?

ÉTAPE 2 Comprendre les intentions de l'auteur

- Quel est le thème du texte (de quoi parle-t-il) ?
- Sur quoi l'auteur veut-il faire réfléchir son lecteur ?

feraient moins de ravages que l'immortalité.

C'est pourquoi, dès qu'il fut certain que le JL3 avait été partout détruit comme il l'avait demandé, son soulagement fut immense.

Or voici que son assistant Acharya, qui n'avait pas reçu d'inoculation du vaccin, présentait tout à coup, après avoir travaillé auprès de lui pendant trois semaines, le premier symptôme de l'infection par le virus. Ou bien il avait été infecté, avant son départ, par les souris, ou, depuis son retour, par Bahanba lui-même. Conclusion identique : l'immortalité était contagieuse… […]

Bahanba eut la vision d'une terre submergée par un fantastique déchaînement de vie animale et végétale, hommes, plantes et bêtes se chevauchant et s'entre-tuant pour la place et la nourriture, jusqu'à l'inanition[4], l'asphyxie et l'écroulement. Il fallait immédiatement opérer l'ablation[5] de ces foyers d'infection. On ne pouvait prendre aucun risque. Toute personne ayant subi ou ayant pu subir la contagion devait être retirée de la circulation avec ou sans son consentement, et transportée dans un endroit du monde où elle pourrait être isolée de façon totale. Cela ne pouvait être fait, dans chaque pays concerné, qu'avec l'appui de la plus haute autorité et dans un secret absolu.

René Barjavel, *Le Grand Secret,* © Éditions Presse de la Cité, un département de Place des Éditeurs, 1973, 2012.

4. *Inanition* : faiblesse due au manque de nourriture.
5. *Ablation* : suppression.

Compréhension

Les réponses aux questions doivent être entièrement rédigées.

1 Quelle est la propriété du virus JL3 ? Citez le texte. 4 pts

Les conseils du prof !

- La réponse est sous-entendue dans plusieurs passages du texte.
- Trouvez au moins deux citations qui confirment votre réponse.

2 Pourquoi représente-t-il un rêve pour les êtres humains ? 2 pts

Cette question vous demande une analyse personnelle, la réponse n'est pas forcément contenue dans le texte.

3 Quels dangers risquent les hommes si ce virus se propage ? Citez le texte. 4 pts

Attention au pluriel : vous devez citer plusieurs dangers, relisez bien l'ensemble du texte.

Les conseils du prof !

4 À quel choix Bahanba est-il confronté ? Est-il certain de sa découverte ? Citez le texte. 4 pts

Une partie de la réponse à cette question apparaît dès le premier paragraphe.

5 Quelle figure du savant incarne-t-il ? 4 pts

- En littérature, les savants sont souvent représentés comme des savants fous ou, au contraire, comme des savants humanistes.
- Citez au moins deux phrases du texte dans votre réponse.

6 « Tous les stocks de bombes H du monde feraient moins de ravages que l'immortalité » (l. 34-35). Quelle image est donnée de la science ? 6 pts

....

....

....

....

....

....

....

7 À quel choix Bahanba est-il confronté ? Est-il certain de sa découverte ? Citez le texte. 4 pts

....

....

....

....

....

....

....

Grammaire

Les réponses aux questions doivent être entièrement rédigées.

1 Quel mode est principalement utilisé dans les paragraphes 3 et 4 ? Comment comprenez-vous ce choix de l'auteur ? 4 pts

....

....

....

....

....

....

....

....

Les conseils du prof !

Ce type de question appelle une réponse développée qui commencera par : « C'est une image positive/négative... »

Faites un lien entre le titre et le contenu du texte.

Il existe sept modes que l'on utilise en fonction de la façon dont on envisage l'action (ordre, hypothèse, certitude...) : indicatif, subjonctif, conditionnel, impératif, infinitif, participe et gérondif.

Les conseils du prof !

2 Relevez dans le deuxième paragraphe une expression au présent qui montre quelle décision prend Bahanba. En quoi le choix de ce temps renforce-t-il la décision ? 4 pts

Mobilisez vos connaissances sur les valeurs du présent de l'indicatif : narration, actualité, vérité générale.

3 De « C'est pourquoi » (l. 36) à « contagieuse » (l. 45), relevez les indicateurs logiques et précisez quels liens logiques ils expriment. À quel genre de texte s'apparente donc ce passage ? 4 pts

Les liens logiques les plus fréquents sont la cause, la conséquence, l'opposition, l'alternative et l'hypothèse.

4 Il connaissait de ses yeux et dans son cœur les effets de la surpopulation et du manque d'aliments. Il avait vu à Calcutta les camions ramasser chaque matin dans les rues les cadavres d'enfants morts de faim.

› **Réécrivez ce passage en mettant les verbes au passé composé et en remplaçant « il » par « ils ». Vous ferez toutes les modifications nécessaires.** 10 pts

....

....

....

....

....

....

....

....

Par étapes

ÉTAPE 1 Comprendre la consigne

- Le passage à la troisième personne du pluriel entraîne le changement de deux déterminants possessifs et de deux terminaisons verbales.
- Le passage au passé composé demande de faire attention à l'accord des participes passés et à l'ajout de l'auxiliaire être ou avoir.

ÉTAPE 2 Souligner les transformations

- Cela vous oblige à vous relire précisément pour éviter les erreurs de copie.

Dictée

10 pts 20 min → Corrigé p. 84

› Écoutez la dictée sur le site abcbrevet.com.

Mots donnés : *Nova – Eiffel – Orly.*

Titre : ....

....

....

....

....

....

....

....

....

....

Les conseils du prof !

- Pensez à mettre au féminin les participes passés en « i » pour trouver la dernière lettre : « prise » → « pris ».
- Derrière la préposition « à », les verbes sont à l'infinitif.
- La plupart des verbes en « app- » prennent deux p sauf : « apercevoir ».

Rédaction

40 pts — 1H30 — Imprimez votre copie pour rédiger

› Vous traiterez au choix l'un des sujets suivants :

Sujet d'imagination → Corrigé p. 84

Vous avez été contaminé(e) par le virus JL3. Dans une page de votre journal de bord datée de l'an 2275, vous racontez votre quotidien en exprimant ce que vous ressentez et décrivez le monde dans lequel vous vivez désormais.

Par étapes

ÉTAPE 1 Repérer les mots-clés

- ***Contaminé(e) par le virus JL3 :*** il ne s'agit pas vraiment d'une suite de texte, mais vous devez prendre en compte certains éléments.
- ***Votre journal de bord :*** la forme vous est imposée (narration à la 1re personne : « je », et journal intime).
- ***Racontez ; ressentez ; décrivez :*** vous devez mêler récit et description sans oublier d'évoquer vos sentiments, vos doutes, vos angoisses…

ÉTAPE 2 Comprendre le sujet

- Les caractéristiques d'un journal de bord (ou journal intime) :
  – Le lieu et la date sont inscrits en haut, à gauche ;
  – l'expression se fait à la première personne du singulier ;
  – il faut utiliser le système du présent et les indicateurs spatio-temporels correspondants : « ici », « aujourd'hui », « hier », « maintenant »…

ÉTAPE 3 Rédiger un plan au brouillon

- Vous devez envisager **deux temps** :
  – **la narration** : récit des activités d'une journée en tenant compte de ce qui s'est passé depuis plus de 200 ans.
  – **la description** : le monde peut être futuriste, archaïque, dévasté…

› **Mon brouillon**

Les conseils du prof !

- Il faut tenir compte du texte de Barjavel pour raconter votre quotidien : les craintes qu'avaient Bahanba se sont-elles révélées vraies ? Avez-vous réussi à garder le « secret » ? Comment s'organise la vie avec les autres ?
- Vous pouvez évoquer rapidement ce qui vous est arrivé ces dernières années.
- Surtout, insistez sur ce que vous ressentez.

Le monde peut avoir évolué selon plusieurs schémas, à vous de choisir celui qui vous inspire le plus : peu de choses ont changé ; le secret a été bien gardé ; la Terre a été dévastée ; la technologie règne sur le monde…

Sujet de réflexion → Corrigé p. 85

Pensez-vous que les progrès scientifiques représentent toujours une avancée pour l'être humain ? Vous vous appuierez sur votre expérience, sur vos lectures et sur les connaissances acquises dans l'ensemble des disciplines.

Par étapes

ÉTAPE 1 **Repérer les mots-clés**

- ***Les progrès scientifiques :*** le thème est en rapport avec le texte de départ et votre programme de français.
- ***Une avancée pour l'être humain :*** cela doit jouer un rôle positif pour l'ensemble de l'humanité.

ÉTAPE 2 **Comprendre le sujet**

- La question implique une réponse en deux parties : les atouts et les dangers des progrès scientifiques.
- ***Votre expérience, vos lectures, l'ensemble des disciplines :*** vos exemples seront empruntés à des domaines très divers.

ÉTAPE 3 **Rédiger un plan au brouillon**

- **Un paragraphe d'introduction en trois parties** :
  – **Introduisez** le thème ;
  – **reformulez** le sujet : « On peut se demander si les progrès scientifiques représentent toujours un atout pour l'humanité. » ;
  – **annoncez** votre plan : « Nous étudierons d'abord... puis... ».
- **Pensez aux améliorations** de la vie quotidienne apportées par les sciences : médecine, communication, recherche, droits sociaux...
- **Envisagez les problèmes éthiques** (moraux) et écologiques liés aux progrès scientifiques : pollution, clonage, dépendance à la technologie, déshumanisation du travail...
- **Un paragraphe de conclusion** en deux parties : un bilan et une ouverture.

› Mon brouillon

Atouts des progrès scientifiques	Dangers des progrès scientifiques
• **Argument :** Avancées médicales. > **Exemple :** Vaccins de Pasteur.	• **Argument :** Impact sur l'environnement. > **Exemple :** Pollution par les carburants.
• **Argument :**	• **Argument :** ....
> **Exemple :**	> **Exemple :** ....
• **Argument :**	• **Argument :** ....
> **Exemple :**	> **Exemple :** ....

Les conseils du prof !

Faites deux colonnes pour les deux parties : atouts/dangers.

Dans chaque colonne, trouvez au moins deux arguments et deux exemples.

Compréhension → p. 76

Je comprends les corrigés

1 Le virus JL3 transmet l'immortalité aux êtres humains : « supprimer la mort », « donner l'immortalité à tout le monde », « la non-mortalité », « l'immortalité était contagieuse ».

> La réponse doit clairement parler de l'immortalité qui est évoquée à plusieurs reprises dans le texte.

2 Les êtres humains sont angoissés par l'idée de la mort et ce qu'elle apporte : perte des gens proches, ignorance de l'avenir... L'immortalité semble donner un pouvoir absolu d'invincibilité.

> La réponse doit montrer que la mort est associée à la peur et que l'immortalité permet de vaincre cette angoisse.

3 Si le virus JL3 se propage, les dangers sont multiples : inégalité et rivalité entre ceux qui sont infectés et les autres (« effrayante inégalité, [...] les plus sanglantes révolutions » (l. 21), surpopulation mondiale qui entraînerait la famine et un désastre écologique : « la famine, [...] l'empoisonnement général par les déchets ».

> Chaque danger doit être illustré par une citation.

4 Le personnage de Bahanba est confronté au dilemme de diffuser ou non sa découverte alors qu'il n'a pour l'instant aucune certitude sur ses effets : « Bahanba n'aurait de certitude absolue en ce qui concernait l'action du JL3 [...] » (l. 1-2).

> La réponse est double : dévoiler ou non le secret et l'incertitude de la découverte.

5 Bahanba incarne l'image d'un savant humaniste, préoccupé par le bien-être des êtres humains. Ses recherches sont destinées à lutter contre les fléaux qu'il a pu observer : « Il avait vu à Calcutta les camions ramasser chaque matin dans les rues les cadavres d'enfants morts de faim » (l. 31-32). Sa découverte allant à l'encontre de ces principes, il veut la faire disparaître : « le JL3 avait été partout détruit comme il l'avait demandé » (l. 36-37).

> Les personnes humanistes placent l'être humain au centre de leurs préoccupations. Les savants fous sont au contraire obsédés par leurs recherches, quelles qu'en soient les conséquences.

6 Cette comparaison avec les désastres causés par les bombes nucléaires donne une image négative et inquiétante de la science : ce virus, comme le nucléaire, est destiné au départ à améliorer le sort des populations, mais son utilisation peut s'avérer bien plus dangereuse et elle risque d'échapper au contrôle humain.

> « Moins... que » : notez bien qu'il s'agit d'une comparaison particulièrement négative.

7 Le titre du roman *Le Grand Secret* s'explique par la décision que prend Bahanba de retirer « de la circulation » toutes les personnes porteuses du virus JL3 « dans un secret absolu » (l. 57).

> Cette dernière question est une question de synthèse, vous devez montrer que vous avez compris le texte en expliquant le titre de l'ouvrage.

Grammaire → p. 78

1 Dans les paragraphes 3 et 4, l'auteur utilise principalement le conditionnel présent : « interdiraient ; s'instituerait ; deviendrait... ». Ce mode permet ici d'exprimer l'hypothèse : l'auteur se projette en faisant des suppositions sur l'avenir.

> Le conditionnel possède les valeurs suivantes : atténuation d'un ordre, hypothèse, souhait, regret, incertitude, fait imaginaire.

2 Bahanba prend la décision de ne pas diffuser sa découverte ; le présent de vérité générale dans l'expression « la mort est nécessaire » (l. 7) renforce son idée en la présentant comme une vérité absolue et indiscutable de tout temps.

> Le présent de vérité générale présente les faits comme toujours vrais. On le trouve souvent dans les conclusions scientifiques : « L'eau bout à 100 °C. »

3 « C'est pourquoi » et « conclusion » indiquent la conséquence ; « or » marque une légère opposition ; « ou bien » et « ou » soulignent une alternative, un choix. Ces indicateurs donnent l'impression de suivre un raisonnement scientifique, le texte suit les pensées du savant qui analyse les éléments avant de prendre une décision.

> Il faut identifier au moins deux liens logiques puis expliquer à quel type de texte on a affaire (texte scientifique).

4 Ils ont connu de leurs yeux et dans leur cœur les effets de la surpopulation et du manque d'aliments. Ils ont vu à Calcutta les camions ramasser chaque matin dans les rues les cadavres d'enfants morts de faim.

> - Le participe passé s'accorde avec le COD si celui-ci est placé devant, ce qui n'est pas le cas ici.
> - « Leur » (déterminant possessif) s'accorde avec le nom qu'il accompagne : ici on a bien deux yeux, mais un seul cœur.

Dictée → p. 80

Nous sommes dans l'atmosphère. Les rétrofusées entrent en action. Nova me regarde en souriant. Elle a appris à sourire et aussi à pleurer. Mon fils tend les bras et ouvre des yeux émerveillés. Au-dessous de nous, c'est Paris. La tour Eiffel est toujours là.

J'ai pris les commandes et me dirige d'une manière très précise. Miracle de la technique ! Après sept cents ans d'absence, je parviens à me poser à Orly, qui n'a pas beaucoup changé, au bout du terrain, assez loin des bâtiments. On a dû m'apercevoir ; je n'ai qu'à attendre. Il ne semble pas y avoir de trafic aérien ; l'aéroport serait-il désaffecté ? Non, voici un appareil. Il ressemble en tout point aux avions de mon époque !

Pierre Boulle, *La Planète des singes*, Julliard, 1963.

> - « Atmosphère » et « technique » viennent de racines grecques, comme de nombreux mots scientifiques, on retrouve donc la graphie « ph » pour le son [f] et « ch » pour le son [k].
> - « À », comme toutes les prépositions, est toujours suivie d'un verbe à l'infinitif.

> - Le participe passé du verbe « devoir » prend un accent circonflexe sur le u : « dû ».

Sujet d'imagination → p. 81

Journal de bord : 1er mai 2275

Aujourd'hui, c'est la fête du travail ! Un jour férié donc... mais j'ai bien du mal à m'en réjouir : une journée de plus à occuper, ça peut sembler long quand on a 272 ans ! J'ai bien réfléchi et je crois que je suis la

> Présentez-vous brièvement en respectant la situation d'énonciation imposée par le sujet (date, narrateur immortel).

dernière immortelle, c'est pour cette raison que je me décide enfin à tenir ce journal.

Les choses se sont précipitées quelques années après notre isolement sur l'île du docteur Bahanba : il a trouvé un antidote contre le JL3 ! Belle trouvaille en vérité, mais tout le monde n'a pas été d'accord pour suivre son exemple et se faire vacciner : la tentation était trop grande. Moi-même, j'avais juste 16 ans... et toute la vie devant moi ! Je me suis donc enfuie. Juste à temps. Enfin, sur le moment, j'ai cru que c'était une bonne idée, aujourd'hui je ne sais plus trop...

> La reprise et le développement des éléments du texte permettent d'expliquer rapidement la situation dans laquelle vous vous trouvez et de montrer que vous avez bien compris le texte.

Quelques années plus tard, vers 35 ans, j'ai constaté que je ne vieillissais plus, j'ai voulu retourner sur l'île, mais elle était déserte : les bâtiments eux-mêmes avaient disparu ! J'ai donc décidé d'organiser ma vie comme une personne « normale »... mais mes rapports avec les autres étaient faussés : après quelques années d'amitié ou d'amour, les personnes se demandaient comment j'arrivais à garder une telle fraîcheur... Ne pouvant trahir mon secret, j'ai été contrainte à vivre en marge de la société, en changeant de lieu régulièrement.

> L'expression de vos sentiments est demandée par le sujet : l'usage de la première personne est indispensable.

C'est ainsi que je suis devenue une observatrice discrète de notre monde. Avec le recul, je trouve que les choses n'évoluent pas si vite. En fait, depuis la disparition des voitures et l'avènement de la téléportation, il n'y a pas eu beaucoup de bouleversements technologiques. Les fléaux du XXIe siècle sont restés les mêmes au XXIIe siècle : les guerres, famines, inégalités... rien n'a changé si ce n'est la prise de conscience que la planète Terre n'est pas éternelle (elle !) et qu'il faut la préserver.

> Vous pouvez, dans ce type de sujet, livrer des réflexions en rapport avec le thème, comme dans un devoir argumentatif : c'est le personnage qui donne ici ses arguments (fin de la pollution mais continuité des conflits).

La suppression des énergies fossiles a été un soulagement pour moi, je me demandais bien où j'irais si la Terre disparaissait ! C'est sûrement que j'ai pris goût à ne plus attendre la fin des choses, même si parfois je trouve que l'éternité est un peu longue... comme le disait un écrivain il y a plus de deux siècles : « surtout vers la fin » !

Sujet de réflexion → p. 82

Depuis la révolution industrielle du XIXe siècle, l'humanité s'est lancée dans une course au progrès. Les sciences et techniques tendent à nous conduire vers la modernité et le bien-être. On peut se demander si cela représente toujours une avancée pour l'être humain. Nous étudierons d'abord les atouts des progrès scientifiques avant d'en aborder les dangers.

> Pensez à utiliser vos connaissances acquises en cours d'Histoire.

Les progrès scientifiques et techniques ont toujours eu pour but de faciliter la vie des êtres humains. Le développement du chemin de fer au XIXe siècle a été un atout pour l'industrie et a permis de réduire les distances. Zola, dans *La Bête humaine*, décrit ainsi les voies ferrées : « C'était comme un grand corps, un être géant couché en travers de la terre », montrant par cette personnification la fascination qu'exerce déjà la technique au XIXe siècle.

> Une citation d'œuvre étudiée en classe est bienvenue, de même que l'utilisation d'un vocabulaire littéraire spécifique.

Ensuite, les progrès scientifiques ont permis de se débarrasser de fléaux qui s'abattaient sur l'humanité, comme les maladies. Ainsi, Louis Pasteur a expliqué le principe de la vaccination pour que ce procédé permette de vaincre d'autres maladies comme le tétanos ou la tuberculose.

Cependant, on peut aussi s'inquiéter de certaines pratiques liées aux progrès scientifiques. Ainsi, le développement technique a des impacts sur notre environnement. Par exemple, les véhicules que nous utilisons quotidiennement nous simplifient la vie mais sont aussi une source de pollution à cause de la combustion des carburants !

Enfin, les progrès scientifiques doivent toujours être accompagnés d'une réflexion morale pour éviter les dérives qui iraient à l'encontre de l'humanité. C'est ce que l'on peut observer dans de nombreux ouvrages de science-fiction, tels que *Le Meilleur des mondes* de Aldous Huxley, où les êtres humains sont créés en laboratoire pour correspondre à un rang dans la hiérarchie sociale.

Nous voyons que dans la majorité des cas, les progrès scientifiques sont motivés par l'amélioration des conditions de vie des humains, mais qu'ils nécessitent toujours d'être encadrés voire modérés pour que les ambitions économiques n'altèrent pas leur vocation première. Dans cette optique, il pourrait être intéressant d'élargir cette réflexion au développement des nouvelles technologies qui soulèvent les mêmes inquiétudes.

Je comprends les corrigés

Cet indicateur logique marque l'opposition, il permet de faire la transition entre les deux parties du devoir.

L'ouverture doit élargir la question posée par le sujet à un thème proche : ici les nouvelles technologies.

JE FAIS LE POINT

	J'ai bien compris et j'ai réussi	Il manque des connaissances → Je revois le cours	Je n'ai pas compris la méthode → Je relis les conseils
Questions de compréhension → p. 76	❑	❑	❑
Questions de grammaire → p. 78	❑	❑	❑
Dictée → p. 80	❑	❑	❑
Rédaction			
– Sujet d'imagination → p. 81	❑	❑	❑
– Sujet de réflexion → p. 82	❑	❑	❑

fiches de synthèse

Repères littéraires et historiques

Période	Œuvres et mouvements littéraires	Événements historiques
Antiquité	• Homère (VIIIe s. av. J.-C.), *L'Iliade, L'Odyssée* • Hésiode (VIIIe s. av. J.-C.), *La Théogonie* • Dramaturges grecs : Eschyle – Sophocle – Euripide (Ve s. av. J.-C.) • Virgile, *L'Énéide* (29-19 av. J.-C.) • Ovide, *Les Métamorphoses* (I^e s.)	• VIIIe siècle av. J.-C. fondation de Rome • Ve siècle av. J.-C. apogée d'Athènes (Périclès, le Parthénon) • Ier siècle débuts du christianisme • IIe siècle apogée de l'Empire romain, la « paix romaine » • Ve siècle (476) dislocation de l'Empire romain
Moyen Âge	• *La Chanson de Roland* (XIe s.) • Chrétien de Troyes, *Lancelot ou le chevalier à la charrette* (écrit entre 1176 et 1181) • *Le Roman de Renart* (XIIe-XIIIe s.) • François Villon (1431-1463 ?)	• X^e- XIIe siècle : âge des églises romanes • 1096-1099 première croisade • XIIe- XVe siècle : âge des églises gothiques
XVIe-XVIIe siècles	L'humanisme • Rabelais, *Gargantua* (1534) • Montaigne, *Essais* (1580-1595) La Pléiade • Ronsard, *Les Amours* (1552-1566) • Du Bellay, *Les Regrets* (1558) Le baroque • Corneille, *L'Illusion comique* (1635)	• XVe- XVIe siècle Renaissance • 1492 prise de Grenade – découverte de l'Amérique • 1562-1598 guerres de religion entre catholiques et protestants • 1598 édit de Nantes
XVIIe-XVIIIe siècles	Le classicisme • Racine, *Phèdre* (1677) • Molière, *Tartuffe* (1664), *Dom Juan* (1665) • La Fontaine, *Fables* (1668-1694) • La Bruyère, *Les Caractères* (1696) • Mme de Sévigné, *Lettres* (1648-1696) Les Lumières • Montesquieu, *Lettres persanes* (1721) • Voltaire, *Candide* (1759) • Diderot, *Jacques le fataliste et son maître* (écrit entre 1765 et 1783) • Rousseau, *Les Confessions* (1765-1770) • Beaumarchais, *Le Mariage de Figaro* (1784)	• 1661-1715 règne de Louis XIV • 1685 révocation de l'édit de Nantes • milieu du XVIIIe siècle l'Encyclopédie • 1789-1799 Révolution française • 14 Juillet 1789 prise de la Bastille

Période	Œuvres et mouvements littéraires	Événements historiques
XIXe siècle	Le romantisme • Chateaubriand, *Mémoires d'outretombe* (1849) • Hugo, *Les Contemplations* (1856), • *Les Misérables* (1862) Le réalisme • Stendhal, *Le Rouge et le Noir* (1830) • Balzac, *Le Père Goriot* (1835) • Flaubert, *Madame Bovary* (1857) • Maupassant, *Une vie* (1883) Le naturalisme • Zola, *Germinal* (1865) Le symbolisme • Baudelaire, *Les Fleurs du mal* (1857) • Verlaine, *Romances sans paroles* (1874) • Rimbaud, *Une saison en enfer* (1873)	• 1799-1815 Consulat et Empire • 1804 Premier Empire (Napoléon Ier) • 1815-1848 monarchie constitutionnelle • 1848-1852 Seconde République (suffrage universel – abolition de l'esclavage) • 1852-1870 Second Empire (Napoléon III) • 1870-1940 Troisième République
XXe siècle	Le surréalisme • Aragon, *Le Paysan de Paris* (1926) L'engagement • Camus, *La Peste* (1947) • Sartre, *Les Mains sales* (1948) Le théâtre de l'absurde • Ionesco, *La Cantatrice chauve* (1950) • Beckett, *En attendant Godot* (1953) Le Nouveau Roman • Robbe-Grillet, *La Jalousie* (1957) L'Oulipo • Queneau, *Les Fleurs bleues* (1965) • Perec, *La Disparition* (1969)	• 1894-1906 Affaire Dreyfus • août 1914 début de la Première Guerre mondiale • 11 novembre 1918 armistice • septembre 1939 invasion de la Pologne – début de la Seconde Guerre mondiale • mai 1945 capitulation allemande • 1946-1958 IVe République • 1948 déclaration universelle des Droits de l'homme • 1958 début de la Ve République • 1954-1962 guerre d'Algérie • 1989 chute du mur de Berlin • 1991 éclatement de l'URSS • 11 septembre 2001 attentat contre le World Trade Center à New York

1. Sujet d'imagination : écrire une lettre → Sujet 5

- L'essentiel pour bien réussir ce type de sujet est de définir clairement quelle est la **situation d'énonciation** :

→ **l'émetteur** : c'est soit un personnage du texte (ou lié au texte) soit vous-même ;

→ **le destinataire** : il est toujours précisé dans le sujet : ami, parent, personnage, directeur...

→ **le lieu et la date** : ils sont clairement indiqués dans le texte ou juste suggérés ;

→ **l'objectif de la lettre** : récit, demande, protestation...

→ La lettre appartient au genre **épistolaire** (du latin *epistula* : « lettre ») ; ce genre suit des règles précises de mise en page qu'il faut adapter au destinataire : lettre officielle ou lettre personnelle car on n'écrit pas de la même façon à un ami ou au directeur d'une entreprise !

Attention

Votre copie doit être anonyme : ne signez jamais avec votre nom, on pourrait refuser de la corriger. Si vous n'êtes pas inspirés, utilisez le prénom de l'auteur du texte de Brevet.

2. Sujet d'imagination : écrire un article de journal → Sujet 2

- Ce type de sujet impose de respecter deux contraintes :

→ **la situation de communication** demandée par le sujet ;

→ **la présentation spécifique** d'un article de journal.

A La situation de communication

- Il faut définir (à l'aide du sujet !) **à qui s'adresse le journal** : âge des lecteurs, journal du collège, presse locale, magazine spécialisé... De la même façon, l'**émetteur** doit être clairement identifié : vous incarnez un journaliste présent dans le texte ou vous écrivez pour le journal du collège.
- Ensuite, vous devez vous demander dans **quel but** l'article va être écrit : il s'agit souvent de mêler une narration de faits, une description et des arguments.

Astuce

Insérez des paroles rapportées entre guillemets, à la manière des interviews, votre texte sera plus vivant, et les personnes décrites prendront vie.

B La présentation de l'article

- Il faut donner un **titre** qui doit être bref et inviter à lire la suite. Pour cela, on privilégie les phrases nominales et pourquoi pas, les jeux de mots ou les figures de style : *un heureux accident*, *la faim du monde*...
- Organisez l'article en **paragraphes courts** qui contiennent chacun une idée principale : commencez par un **exposé chronologique des faits** (narration), poursuivez par une **présentation des personnes** impliquées (description) et terminez par une analyse ou un point de vue (explication ou argumentation). Vous pouvez souligner cette structure en mettant des **sous-titres**, voire en présentant votre texte en **deux colonnes**, comme dans un « vrai » journal.
- **Signez** votre article et nommez le journal : *V.H.*, *News du Bahut*...

3. Sujet d'imagination : écrire une suite de texte → Sujet 4

- La rédaction d'une suite de texte est un exercice qui peut sembler facile car la situation de départ est déjà donnée, mais il faut être très rigoureux, car cela va permettre au correcteur de voir si vous avez bien compris le texte.

A L'histoire

Il faut tout à la fois montrer que vous savez **tenir compte des informations** fournies par le texte initial, et que vous êtes capables de **faire preuve d'imagination** pour les développer.

Plusieurs caractéristiques à prendre en compte :

- Pour trouver la **tonalité** du texte, demandez-vous quelle est l'intention de l'auteur : 1) **Susciter la pitié** = tonalité pathétique, 2) **Raconter les exploits d'un personnage** = épique, 3) **Faire rire = comique**, 4) Exprimer ses sentiments : lyrique, 5) **faire douter** = fantastique, 6) **Produire un effet de réel** = réaliste.
- Le **lieu** où se déroule l'action : s'il y a un changement par rapport au texte de départ, il doit être expliqué ou justifié.
- L'**époque** à laquelle se déroule l'action et faire attention aux **anachronismes :** par exemple si vous écrivez la suite d'une nouvelle de Maupassant (XIXe siècle), les personnages n'utiliseront pas de téléphones portables, ils ne regarderont pas la télévision et ne « surferont » pas sur Internet !
- **Les caractéristiques des personnages** (âge, situation sociale, caractère, façon de parler...) déjà présents dans le texte. Vous devez les reprendre mais vous pouvez les **faire évoluer** à condition de ne pas perdre de vue leurs préoccupations, leurs envies principales. Il n'est pas interdit d'introduire de nouveaux personnages mais il faut le faire avec prudence pour garder la cohérence du texte et ne pas « alourdir » son récit.
- **La chronologie des actions** : votre texte se situe à un moment précis du **schéma narratif** du texte initial (juste après l'élément déclencheur ou lors d'une péripétie) ; il faut identifier ce moment pour conserver **une suite logique aux événements** déjà racontés.

Définition

Anachronisme : du grec *ana-* « à rebours » et *chronos* « temps », confusion qui consiste à placer un élément appartenant à une époque dans une autre époque. Par exemple un avion au XVIIe siècle.

B La narration

Pour que votre texte et celui de départ se présentent comme un ensemble cohérent, vous devez absolument conserver :

- **Le statut du narrateur** : première ou troisième personne. Attention : c'est une des erreurs les plus fréquentes et les plus lourdement sanctionnées dans ce type de sujet.
- **Le point de vue**.
- **Les mêmes temps verbaux** : si l'on est dans un récit au passé, on gardera l'imparfait, le passé simple et le plus-que-parfait, si le texte est au présent la suite le sera aussi.
- **Le même registre de langue** : la plupart des textes proposés au Brevet sont dans un registre courant ou soutenu mais quelquefois un personnage peut s'exprimer de façon familière pour une raison précise (âge, humour, milieu social...). Pour rompre le cours du récit et le rendre plus vivant, il peut être habile, suivant les sujets, d'introduire des dialogues.

Astuce

N'hésitez pas à utiliser les questions sur le texte qui sont là pour vous aider à repérer les éléments importants et vous donner des pistes pour une suite possible.

C Comment commencer et comment finir une suite de texte ?

- Votre suite de texte doit commencer par la **dernière phrase** du texte, citée sans guillemets. Cela permettra de créer un véritable lien entre votre texte et celui de l'auteur. De plus cette dernière phrase oriente souvent vers une possibilité de suite.
- Vous devez aboutir à une **situation finale** : celle-ci n'est pas forcément stable et fermée, mais il faut qu'elle soit cohérente par rapport au texte initial et qu'elle forme un tout (comme un épisode de série TV). **Attention** : si jamais vous avez lu le livre et que vous connaissez déjà la fin du texte, n'essayez pas de retrouver cette fin imaginée par l'auteur, vous ne serez évidemment pas notés en fonction de la « vraie » fin de l'extrait.

Remarque

Si la dernière phrase du texte fait dix lignes, contentez-vous des dernières propositions, si elle est trop courte, prenez-en deux : l'essentiel est de recopier une partie qui soit cohérente et qui ait du sens.

4. Sujet d'imagination : évoquer un souvenir → Sujets 1, 3, 6

- Le sujet de rédaction peut vous demander de raconter une expérience personnelle : vous rédigerez alors un texte de **type autobiographique**. Les consignes sont variées, on peut par exemple vous demander :

→ d'**évoquer un lieu** qui vous tient particulièrement à cœur ;
→ d'**évoquer un objet** et les souvenirs qui s'y rapportent ;
→ d'**évoquer un souvenir personnel ;**
→ d'écrire une page de votre **journal intime ;**
→ de raconter le **souvenir d'un autre.**

Astuce
Vous n'êtes pas tenus de raconter obligatoirement des choses vraies, mais il faut absolument qu'elles soient **vraisemblables**.

- Dans tous les cas, vous devrez construire votre devoir en **trois étapes** :

→ **La présentation du souvenir**
Vous devez indiquer le récit des circonstances qui ont entraîné votre retour dans le passé. Pour cela, n'hésitez pas à faire appel aux **sensations liées à ce souvenir**.

→ **Le développement vivant**
Pour enrichir le récit de votre expérience, veillez à insérer :
– des **descriptions précises** ou des **portraits** pour que le lecteur puisse imaginer les objets, lieux, personnages de votre souvenir ;
– des réflexions sur vos **sensations** et vos **sentiments** : « je sentais », « j'observais », « j'avais l'impression de… » Toutes ces tournures montreront que vous portez un **regard sur vous-même** ;
– une évocation de vos émotions et de vos réflexions, en insistant sur ce qui les a déclenchées : « J'étais véritablement ému parce que… » « C'était la première fois que… »

Gagnez des points !
Vous pouvez utiliser des passages de **dialogue** si le sujet s'y prête, ou seulement quelques paroles rapportées au discours direct pour rendre le texte plus vivant.

→ **La conclusion**
Pour conclure votre récit, il est toujours intéressant de montrer que le **recul** vous a permis d'**analyser votre expérience**, vous montrerez ainsi que vous maîtrisez la situation d'énonciation d'un texte autobiographique en passant au présent : « aujourd'hui je comprends que… »

1. L'accord du participe passé

A Sans auxiliaire

● Le participe passé **s'accorde en genre et en nombre avec le nom** auquel il se rapporte (comme un adjectif).
➜ ***Réfugiés** dans leur nid, les oisillons refusaient de sortir.*

B Avec l'auxiliaire « être »

Le participe passé **s'accorde en genre et en nombre avec le sujet** du verbe.
➜ *Elles sont **venues** me voir.*

C Avec l'auxiliaire « avoir »

● Le participe passé **ne s'accorde jamais avec le sujet**.
➜ *Ils ont **acheté** des pommes.*
● Il **s'accorde avec le COD** si celui-ci est placé avant le verbe.
➜ *Voici les pommes qu'ils ont **achetées***. [« qu' », qui reprend « les pommes », est COD : le participe passé s'accorde donc au féminin pluriel.]

D Pour les verbes pronominaux

● Un verbe **pronominal** (précédé d'un pronom réfléchi : *me, te, se*...) se conjugue toujours avec l'**auxiliaire « être »**.
● L'accord du participe passé **dépend de la fonction du pronom réfléchi** :
– s'il est **COD**, le participe passé s'accorde avec le sujet.
➜ *Elle s'est **lavée***. [Elle a lavé qui ? « s' » est COD.]
– s'il est **COI**, le participe passé ne s'accorde pas.
➜ *Elle s'est **lavé** les cheveux*. [Elle a lavé les cheveux à qui ? « s' » est COI.]

2. Les modes

● Il existe **4 modes personnels** (lorsque les verbes se conjuguent) et **3 modes impersonnels** (lorsque les verbes ne se conjuguent pas).

Modes personnels

A L'indicatif

● Il permet d'**inscrire les faits dans la réalité** et de les situer dans le temps.
● Il exprime la **certitude**. ➜ *Ariane chante*.

B L'impératif

● Il permet de formuler un **ordre**, une **interdiction** (à la forme négative), un **conseil**. Il ne se conjugue qu'à la première personne du pluriel et à la deuxième personne du singulier et du pluriel, non exprimées. ➜ *Range ta chambre !*

C Le subjonctif

● Il exprime l'**incertitude**, la **volonté**, le **désir**, l'**ordre**, le **souhait**, la **supposition** ou la **crainte**. Il est toujours précédé de « que ». ➜ *Pourvu que le professeur soit absent !*

D Le conditionnel

● Il exprime l'**hypothèse**, mais aussi l'**atténuation**, le **souhait**, le **regret** ou le **doute**. ➜ Si Clovis s'entraînait, il *gagnerait*.

Modes impersonnels

A L'infinitif

- Il permet de classer les verbes en trois groupes. Il peut exprimer un **ordre** ou une **interdiction**.

➜ *Ne pas fumer.*

B Le participe

- Il possède deux temps :

– le **présent** (-*ant*) : invariable, il remplace souvent une proposition subordonnée.

➜ *Marchant rapidement, il réussit à avoir son train.*

– le **passé** : il s'accorde en genre et en nombre avec le nom, permet de former les temps composés.

➜ *Une fois rangée, la pièce semble plus grande.*

C Le gérondif

- ***En* + participe présent** : il exprime une action qui se déroule en même temps qu'une autre. ➜ Il apprend ses leçons *en chantant*.

3. Les valeurs des temps de l'indicatif

Les temps de l'indicatif

- À chacun des 4 **temps simples** de l'indicatif correspond un **temps composé**.

Temps simple	Temps composé	Construction du temps composé
• **Présent** ➜ *je lis*	• **Passé composé** ➜ *j'ai lu*	• Auxiliaire conjugué au présent + participe passé du verbe
• **Imparfait** ➜ *elle travaillait*	• **Plus-que-parfait** ➜ *elle avait travaillé*	• Auxiliaire conjugué à l'imparfait + participe passé du verbe
• **Passé simple** ➜ *tu chantas*	• **Passé antérieur** ➜ *tu eus chanté*	• Auxiliaire conjugué au passé simple + participe passé du verbe
• **Futur** ➜ *vous verrez*	• **Futur antérieur** ➜ *vous aurez vu*	• Auxiliaire conjugué au futur + participe passé du verbe

Les valeurs

- Préciser la **valeur** d'un temps, c'est **justifier l'emploi** de ce temps plutôt que d'un autre à un moment précis du texte.

A Présent

- Le **présent d'énonciation** (ou **d'actualité**) permet d'évoquer un fait qui se produit au moment où l'on parle.

➜ *Il est 17 heures. Nous partons en vacances.*

- Le **présent de vérité générale** est employé dans les proverbes ou les définitions.

➜ *La Terre tourne sur elle-même.*

- Le **présent de narration** exprime un fait important et le rend plus actuel pour le lecteur, dans un récit au passé.

➜ *Les spectateurs s'endormaient quand soudain le numéro 7 marque un but.*

B Imparfait et passé simple

- L'imparfait peut exprimer :

– la **durée** : actions passées non limitées dans le temps ;
– la **description** ;
– l'**habitude** ou la **répétition**.

- Le passé simple exprime une **action ponctuelle**, limitée et achevée à un moment du passé.

→ Il aperçut un rat (action ponctuelle)
- pendant qu'il descendait l'escalier. (durée)
- il semblait énorme. (description)
- il n'y en avait jamais ici. (habitude)

C Futur

Le futur peut exprimer :
– une **action non réalisée** au moment où l'on parle.
→ *Demain, je partirai.*
– un **ordre**.
→ *Tu mettras la table.*

D Passé composé

Le passé composé exprime une **action achevée** qui conserve un effet dans le présent.
→ *Elle s'est coupé les cheveux.*

E Plus-que-parfait

Le plus-que-parfait exprime une **action achevée** et **antérieure** à un événement passé.
→ *J'ai réussi l'examen que j'avais préparé.*

Crédits photographiques
p. 13 BIS/Ph. ©ADAGP, Paris 2017/Coll. Archives Nathan
p. 37 ©Robert Doisneau/Gamma-Rapho.
p. 49 Extrait de *C'était la guerre des tranchées*, Tardi, ©Casterman

Responsable éditoriale : Raphaëlle Mourey
Édition : Jessie Magana, Susana Pizarro
Cartes et schémas : Légendes cartographie
Conception graphique intérieur : Julie Lannes
Couverture : Clémentine Largant
Fabrication : Kévin Magar
Composition : Fabienne Grain

N° de projet : 10266979 - Dépôt légal : février 2021
Imprimé en France par Estimprim 25110 Autechaux